FAITS DIVERS

Sandrine Collette
Ingrid Desjours
Sylvie Granotier
Elsa Marpeau
Dominique Sylvain
Danielle Thiéry

FAITS DIVERS

Préface de Sophie Loubière

POCKET

FSC
www.fsc.org
MIXTE
Papier issu de sources responsables
FSC® C003309

Pocket, une marque d'Univers Poche,
est un éditeur qui s'engage pour la préservation
de son environnement et qui utilise du papier fabriqué
à partir de bois provenant de forêts gérées
de manière responsable.

ISBN : 978-2-266-27868-3

Ces textes inédits sont issus d'une commande du service des fictions de France Culture, dirigé par Blandine Masson, avec Caroline Ouazana comme conseillère littéraire.

Leur adaptation radiophonique a été diffusée sur France Culture en avril 2016.

Sommaire

Préface

Quoi de plus jouissif, au fil des pages, que de laisser l'auteur se glisser dans notre tête, stimuler nos neurones et notre imaginaire, nous mener par le bout du nez, jusqu'à cette délectable sensation d'être emporté par le récit, de *lâcher prise*.

À l'écoute d'une fiction radio, cette sensation vient à nous décuplée. Le frisson nous pénètre tel un délicieux poison. Voix, ambiances sonores, musique, chaque son est choisi, imbriqué, orchestré pour mieux vous saisir, vous mettre sur le gril. Et vous voilà surpris, alors, d'être ainsi dépassé par la puissance des images qui surgissent, projectionniste de vos nuits blanches.

Mes premiers polars, je les ai écrits pour la radio. On m'a fichu une paix royale. Liberté totale. Moyens de production illimités. Nul besoin de budget pharaonique pour imaginer le déraillement d'un train, un voyage sur la lune ou un monstre marin : le bruiteur s'en charge. À lui, rien n'est impossible : arc-bouté au-dessus d'un aquarium, soufflant dans un tuyau plongé dans l'eau, il fait surgir le *Nautilus* du fond des mers. Admiration.

C'est à cette liberté, cette fantaisie-là que les six romancières réunies dans ce recueil ont goûté.

Six plumes trempées dans l'encre noire.

Six écritures mordantes, brillantes, surprenantes.

Le polar, pour ceux qui en douterait encore, est une affaire de femme.

Ce sont leurs textes comme des partitions sonores que vous allez découvrir ici. La tonalité est donnée par le style affirmé de ces *dames en noir*. De la belle ouvrage !

Laissez-vous guider vers leur terrain de jeu favori, là où les cris sont retenus, les chuchotements douloureux, là où la trahison débute comme une romance, là où nous sommes vivants et fragiles, là où naissent les faits divers et les crimes à la médiocrité savoureuse, vers cet endroit réputé le plus dangereux de la planète – près de chez vous.

Sophie Loubière

Les six textes réunis dans ce recueil ont été commandés dans le cadre d'un partenariat entre France Culture, le Festival Quais du Polar et la SACD (Société des auteurs et compositeurs dramatiques).

Note

Selon des études récentes, le lecteur de romans noirs et policiers est le plus souvent une lectrice. On peut imaginer que demain il en sera de même pour l'écrivain, et que les romans seront majoritairement l'œuvre de femmes, comme la multiplication des révélations féminines de ces dernières années le laisse à penser. Aux reines du crime anglo-saxonnes telles Agatha Christie, Patricia Highsmith, P.D. James, succède une génération d'auteures francophones aux univers et écritures extrêmement riches et variés. Sandrine Collette, Ingrid Desjours, Sylvie Granotier, Elsa Marpeau, Dominique Sylvain, Danielle Thiéry, que nous avons eu la joie d'accueillir à l'occasion du Festival Quais du polar, nous semblent particulièrement représentatives de ce renouveau.

Elles montrent l'étendue de leur talent dans ces six pièces radiophoniques, genre à part entière depuis les mythiques « Maîtres du mystère », en s'appropriant un fait divers, sujet qui, de Sophocle à Emmanuel Carrère en passant par Truman Capote, Leila Slimani, Ruth Rendell ou Elizabeth George, ne cesse d'inspirer les romancières et romanciers.

Hélène Fischbach
Directrice du Festival international Quais du Polar de Lyon

QUAIS
DU POLAR
FESTIVAL
INTERNATIONAL
LYON

LA GROSSE

Sandrine Collette

PERSONNAGES

(par ordre d'apparition)

LA TANTE : *la soixantaine, elle est obèse, malade.*

ELLE : *presque dix-huit ans.*

LE MAIRE : *la quarantaine.*

ENFANTS : *ils sont une dizaine, ils ont neuf-douze ans environ.*

LES POLICIERS.

LE JOURNALISTE.

Séquence 1

La tante

— Ça va, ma fille ?

Elle

— Ça va, tante.

La tante

— Tu ne te fais pas trop de souci ?

Elle

— Mais non.

Voix intérieure

Je lui souris mais c'est pas vrai, ce que je dis. Ça va pas. Mal au ventre. Et ce drôle de truc dans la gorge, qui serre. À cause d'elle bien sûr, et de cette vilaine mine qui n'augure rien de bon. J'aime pas trop demander mais je veux savoir quand même.

ELLE

— Et toi, tante ? Comment tu te sens ce matin ?

LA TANTE

— Pas si mal, ma fille.

ELLE

— Et tes douleurs ?

LA TANTE

— Oh, les douleurs... on les ignore et elles passent.

ELLE

— Tu veux boire un peu ?

LA TANTE

— Pas tout de suite.

ELLE

— J'arrête l'eau alors.

LA TANTE

— S'il te plaît.

ELLE

— ... tu es sûre que ça va ?

LA TANTE

— Mais oui.

VOIX INTÉRIEURE

La menteuse, ah, la menteuse ! Mais je ne vaux pas mieux qu'elle, à faire semblant de croire ce qu'elle raconte, à essayer de ne pas entendre ses réponses à bout de souffle, de ne pas sentir ses prières quand elle me regarde, je l'entends presque : *Faites qu'elle se taise, mais qu'elle se taise donc !* J'enlève la casserole de la gazinière ; dans notre maison minuscule, je n'ai qu'à tendre le bras pour tourner le bouton. Et puis je la contemple à nouveau, la vieille dame pas si vieille, allongée près de moi. Bien sûr qu'elle va mourir. Toute sa peau est jaune, avec des taches noires, qu'on dirait une plante malade dont les feuilles se ratatinent. Avec des yeux injectés comme si tout ce qu'il lui restait de sang s'était rassemblé là-haut, si elle pleurait ce seraient des larmes rouges, j'en suis sûre.

LA TANTE

— Il pleut ?

Elle tourne la tête pour vérifier.

ELLE

— Non.

LA TANTE

— Va voir quand même.

ELLE

— Tante...

LA TANTE

— Va voir.

VOIX INTÉRIEURE

Alors je me lève en soupirant et je me dandine jusqu'à la porte, et de là où je suis, avant de mettre le nez dehors puisque je sais qu'il ne pleut pas, je regarde la forme sur le lit, une sorte de montagne couchée, et pourtant tante a perdu beaucoup de poids, mais nous sommes ainsi, des rocs de chair elle et moi, avec nos cinquante années d'écart ; elle dit que j'aurai bientôt dix-huit ans et que je suis une belle fille.

Elle revient s'asseoir à côté de sa tante.

ELLE

— Il ne pleut pas.

On entend les grognements rapides et incompréhensibles de la tante.

ELLE

— Tante ?

LA TANTE

— Écoute. Il faut que je te parle.

ELLE

— Oui, tante.

LA TANTE

— Tu sais qu'au village ils ne nous aiment pas.

ELLE

— Tu me l'as dit souvent.

LA TANTE

— C'est pour ça qu'on habite en dehors.

ELLE

— Oui.

LA TANTE

— Tous des peigne-culs. Est-ce que tu en as jamais vu un nous aider ? Proposer seulement ? Ou dire bonjour, ou même venir causer trois mots ?

ELLE

— Non, c'est vrai.

LA TANTE

— Ce pays d'arriérés. Ils m'ont toujours détestée, ici. Ils apprennent à leurs enfants à ne pas courir jusqu'ici, ils font attention à ne pas laisser un cheveu ou une rognure d'ongle sur le chemin. Des fois que je les ensorcelle.

ELLE

— Ne ris pas, tante, tu vas t'étouffer.

LA TANTE

— Écoute-moi, ma fille, ouvre tes oreilles. Il faudra te méfier d'eux.

ELLE

— On se méfie déjà.

LA TANTE

— Oui mais... encore plus.

ELLE

— Pourquoi encore plus ?

LA TANTE

— Parce que je ne serai plus là.

ELLE

— Mais qu'est-ce que je vais faire toute seule ?

LA TANTE

— Eh bien... tu continueras, c'est tout. Chercher à manger, t'occuper des poules et du potager. Cuisiner, déjeuner, dormir. Dîner. Dormir. Et puis tu as la télévision. Arrête de pleurer, ma fille.

ELLE

— Je veux pas être toute seule. Je pourrais peut-être...

LA TANTE

— Si tu vas voir ceux du village, crois-moi, cela sera pour ton malheur. Tu t'en souviendras ?

VOIX INTÉRIEURE

Je sais que tante n'aime pas mais je sanglote à présent, sans pouvoir m'arrêter. Parce qu'elle va mourir et que je ne connais qu'elle. Parce que je resterai seule, avec les autres méchants là-bas. Et puis j'ai faim et, quand j'ai faim, je pleure toujours un peu.

LA TANTE

— Est-ce qu'il pleut ?

ELLE

— Non, tante.

LA TANTE

— Va voir.

ELLE

— J'y suis allée il y a cinq minutes, tu te souviens.

LA TANTE

— Va voir quand même.

Elle soupire.

VOIX INTÉRIEURE

Je me lève, ouvrant la porte et regardant le ciel, comme si le temps avait pu changer entretemps. Je ne dis rien. Je suis une bonne fille. À mon retour, je murmure :

— Il ne pleut pas.

Et cette fois tante ne grogne pas.

Séquence 2

VOIX INTÉRIEURE

Mais qu'est-ce que je vais en faire de ce corps mort trop lourd pour que je le porte, et puis je ne veux pas, cela sent déjà, une journée seulement et il y a cette drôle d'odeur âcre dans la maison, bien que j'aie ouvert les fenêtres. Je retourne le problème dans ma tête un nombre incalculable de fois, mais tout de même, le sol est en ciment et je ne peux pas creuser pour enterrer tante sur place ; quant à la découper en morceaux pour qu'elle soit moins lourde, je n'y pense pas – ou à vrai dire si, j'y ai pensé, mais c'est au-dessus de mes forces. Traîner son corps par terre pour le sortir, voilà la seule solution, même si cela me chagrine de la prendre par les pieds comme un vieux sac de sable et que sa blouse lui remonte le long des cuisses, et vraiment ce n'est pas joli ce que je vois, alors je continue en regardant ailleurs et, dès que j'ai passé le seuil, je la fais rouler sur le côté plutôt que la tirer en arrière, jusqu'au bord du chemin, quelques mètres, je rajuste sa robe, je la laisse. La sueur me coule sur le visage, dans le dos, sur le ventre. Ça démange. Ça poisse. En rentrant dans la maison, je tourne la chaise vers la fenêtre ouverte ; de là, je peux surveiller tante. On dirait qu'elle dort. Bien sûr, dans l'herbe et le long du sentier, c'est inhabituel. Mais je ne savais pas où la mettre d'autre pour qu'on l'enlève. C'est l'endroit où je sors les poubelles chaque mardi. Le camion passe demain.

Séquence 3

LE MAIRE

— Mademoiselle ?

ELLE

— Moi ?

LE MAIRE

— Bonjour, mademoiselle. Vous êtes bien la nièce de Mme Laudé ?

ELLE

— Oui ?

LE MAIRE

— Je suis le maire. M. Siméon.

ELLE

— Ah.

LE MAIRE

— Ce sont les éboueurs qui m'ont prévenu.

ELLE

— Ah.

LE MAIRE

— Que s'est-il passé, mademoiselle ?

ELLE

— ... elle est morte hier. Ou avant-hier, je ne sais plus.

LE MAIRE

— Une chute ? Le cœur ?

ELLE

— Non. Elle était malade.

LE MAIRE

— Vous n'aviez pas demandé le médecin ?

ELLE

— Elle voulait pas.

LE MAIRE

— Mmm, bien sûr, bien sûr. La connaissant... Mais, euh... c'est vous qui l'avez mise là ?

ELLE

— Oui.

LE MAIRE

— Au bord de la route comme ça ?

ELLE

— Eh bien oui. Pour qu'on la prenne.

LE MAIRE

— Dans le camion-benne ?

ELLE

— Voilà.

LE MAIRE

— Mais, euh... ça ne se fait pas. On ne ramasse pas les gens avec les ordures.

ELLE

— Ah.

LE MAIRE

— Enfin, il faut l'enterrer.

ELLE

— J'y ai pensé ! Mais je n'y arriverai pas.

LE MAIRE

— Au cimetière, je veux dire.

ELLE

— Au cimetière. Si vous voulez. Comment fait-on ?

LE MAIRE

— Euh... il faut appeler les pompes funèbres.

ELLE

— Les pompes... ? Mais c'est où, ça ? Comment je les trouve ?

LE MAIRE

— Eh bien... dans l'annuaire.

ELLE

— Mais il y a des milliers de noms !

LE MAIRE

— Il faut regarder dans les pages de la ville d'à côté. Pas partout !

ELLE

— Mais où ça, la ville ?

LE MAIRE

— Euh... laissez, vous savez quoi ? Je vais m'en occuper. Cela sera plus simple, je pense. Mais vous, vous êtes mineure, il me semble. Avez-vous de la famille ailleurs ?

VOIX INTÉRIEURE

Et là j'ai senti qu'il y avait un piège, parce que je ne suis pas sotte quand même, son sourire et sa voix mielleuse, sa façon bizarre de me regarder, ça ne me plaisait pas trop. Je n'avais pas l'intention de me retrouver aux enfants perdus, là où je serais allée si tante ne m'avait pas prise avec elle après l'accident de mes parents. Alors moi aussi j'ai souri, parce qu'on ne me la fait pas, et je n'avais personne bien sûr, et il me manquait quelques semaines, mais tant pis.

ELLE

— Non, non. J'ai dix-huit ans.

LE MAIRE

— Ah ?

ELLE

— Des fois on croit que je suis plus jeune.

LE MAIRE

— Oui. Oui en effet. Ce n'est pas facile de donner un âge aux gens.

ELLE

— Voilà. Mais j'ai dix-huit ans. On dirait moins, mais non.

LE MAIRE

— Oui, parce que... enfin c'est compliqué d'être sûr. Avec, euh... enfin, on ne sait pas trop... vous voyez ?

VOIX INTÉRIEURE

Je ne comprends pas ce geste qu'il fait, les bras ouverts et les joues gonflées, qu'on dirait une souris crevée depuis des jours et qui aurait enflé tout ce qu'elle peut, alors j'écarte les bras comme lui, pour lui faire plaisir.

ELLE

— Oui, oui.

VOIX INTÉRIEURE

Il ne sait plus quoi ajouter, je crois, il finit par s'en aller. Deux heures après, ils ont enlevé le corps de tante et je me sens mieux. Je prépare un frichti, une dizaine d'œufs brouillés et du pain pour saucer parce que c'est le meilleur, et comme j'ai encore un peu faim, un morceau de fromage, celui que la vieille de l'autre bout du village nous échange parfois contre des légumes. C'est bizarre de se tenir dans cette maison sans la présence de tante, sa voix, sa façon de m'obliger à désherber le potager – aujourd'hui, je n'irai pas, ça non. Ça fait vide cette pièce où nous étions assises chacune sur notre chaise à regarder la télévision et, au fond, le coin où nous dormions toutes les deux, elle sur le lit et moi sur le matelas que je déroulais par terre le soir. Alors je vais pouvoir prendre le lit. J'enlève le drap qui a besoin d'être lavé, tout maculé de moiteur qu'il a été pendant la maladie de tante, et j'étends le mien à la place, mon tissu, mon odeur. En tournant la télévision, maintenant, je peux même la regarder en restant allongée au lieu de m'agiter sur la chaise trop dure, et un élan de joie me traverse, j'attrape l'oreiller de tante pour me caler, la télécommande dans la main, un sentiment proche du bonheur. Je pourrais rester des jours entiers comme ça.

Sauf qu'il y a du bruit dehors.

Des voix.

D'abord je les ignore, mais cela m'interroge car personne ne vient jamais chez nous.

À l'extérieur, on entend des cris, des Hé ! et des Ho !

... bon, je ne peux plus faire semblant de ne pas entendre. Je finis par me lever ; c'est beaucoup plus facile du lit que depuis le matelas au sol. Au bord du chemin, il y a ces enfants du village que j'ai aperçus parfois, sept ou huit ou neuf, et je me dis que les nouvelles vont vite car, du temps de tante, jamais ils n'ont osé venir jusqu'ici. Je les regarde sautiller, courir, virevolter sans but. Crier lorsqu'ils me voient enfin sortir.

ENFANTS

— Hé la grosse ! La grosse !

ELLE

— Pardon ?

ENFANTS

— Vous avez vu la grosse ? Les gars, vous avez vu ça ?

ENFANTS

— On dirait un éléphant.

— Ou un hippopotame !

ELLE

— Quoi ??

L'un des enfants s'avance dans le jardin.

ENFANTS

— Pourquoi t'es aussi grosse ?

ELLE

— Je suis pas grosse.

ENFANTS

— T'es énorme ! Comment tu fais pour marcher ?

ELLE

— Eh bien, comme ça.

Quand elle avance, elle les entend hurler de rire.

ENFANTS

— T'es un culbuto !
— Un pneu !
— Si on te fait tomber, tu pourras pas te relever.

ELLE

— Je suis pas grosse !

ENFANTS

— Mais si, regarde ! Nous, on est normaux.

ELLE

— Moi aussi.

VOIX INTÉRIEURE

Cette hilarité autour de moi. Comme je les déteste.

ENFANTS

— Tu rigoles ?

ELLE

— C'est vous qui êtes petits.

ENFANTS

— Mais toi, tu es...

VOIX INTÉRIEURE

À son tour, il fait le geste qu'a eu le maire, ces joues gonflées, les bras écartés, se dandinant d'une jambe sur l'autre ; et dans cette démarche humiliante je reconnais quelque chose de moi, et j'hésite soudain, ça me met mal à l'aise tout ça.

ELLE

— N'importe quoi.

ENFANTS

— J'te jure !

ELLE

— Vous êtes des menteurs.

ENFANTS

— Mais tu t'es vue ?

VOIX INTÉRIEURE

En fait, non. Il n'y a pas de miroir dans la maison. Je ne sais pas à quoi je ressemble, que cette forme que je regarde tant bien que mal sur l'écran de la télévision éteinte, ou sur la vitre d'une fenêtre à certaines heures de la journée, quand il n'y a pas trop de reflets, mais pas assez pour bien voir. Je suppose que je suis comme tous ces gens que je vois dans les émissions, tous sur le même moule un peu plus gros un peu plus maigre l'un que l'autre, blonds ou bruns, la question m'effleure rarement. Juste tante qui disait : Quelle belle fille ! Et elle me donnait un gâteau.

ENFANTS

— J'ai une idée. Regarde !

Il sort de sa poche un téléphone portable.

ENFANTS

— On va faire une photo de toi avec nous. Tu vas te rendre compte.

Ils accourent en criant d'excitation.

VOIX INTÉRIEURE

Je n'ose pas leur dire de rester dehors, même quand ils se serrent à côté de moi et que leur présence m'oppresse, jusqu'à ce que celui qui tient la boîte sautille jusqu'à nous.

ENFANTS

— A y est !
— Fais voir, fais voir.
— Ah la vache !
— C'est dingue !

Un enfant lui tend le téléphone.

ENFANTS

— Tiens, regarde.

ELLE

— Mais...

ENFANTS

— C'est toi, là !

ELLE

— Où ?

ENFANTS

— Là !

VOIX INTÉRIEURE

Je mets un doigt sur l'écran, le faisant glisser sur les visages des gamins, arrivant au bout du rang, incrédule.

ELLE

— ... ici ?

ENFANTS

— Oui !

VOIX INTÉRIEURE

Je mets le nez sur l'image en secouant la tête. Impossible.

ENFANTS

— Tu vois qu't'es grosse !

ELLE

— C'est pas moi.

ENFANTS

— Tu veux que ça soit qui d'autre ? Y a que nous.

ELLE

— C'est pas moi.

VOIX INTÉRIEURE

Au bout d'un quart d'heure de dénégations farouches et épuisées, ils s'en vont en me traitant de conne.

Séquence 4

VOIX INTÉRIEURE

Le soir, le maire revient. Il y a d'autres personnes avec lui, deux policiers et un journaliste. Ils me posent quelques questions et je raconte ce que j'ai fait quand tante est morte. Ils hochent la tête avec un drôle d'air, prenant des notes ici et là, demandant si tante et moi nous vivions *là-dedans*, en montrant la maison. Ça ne dure pas très longtemps. Il y a seulement un problème quand le journaliste sort son appareil photo.

ELLE

— Ah non ! Non !

JOURNALISTE

— Mais tout le monde voudrait être dans le journal !

ELLE

— Pas moi.

JOURNALISTE

— Quand même ce serait mieux. Pour mon article. J'ai déjà un titre formidable : « Elle jette sa tante morte aux poubelles ».

ELLE

— Je veux pas.

VOIX INTÉRIEURE

Il hausse les épaules et s'en va avec les policiers qui n'ont plus de questions non plus, et qui demandent que je vienne signer leur papier demain au poste. Il faudra que je m'entraîne un peu, depuis le temps que j'ai quitté l'école, j'ai plus l'habitude d'écrire. Quand j'ai eu quatorze ans, en sixième, tante a jugé qu'il valait mieux que j'arrête. Ça ne servait à rien, ça ne rentrait pas dans ma caboche, elle disait. D'ailleurs je n'y allais pas beaucoup, à l'école, j'étais souvent malade et je préférais cueillir des herbes ou regarder la télévision.

Le maire reste, lui. Il va chercher un sac dans sa voiture, qu'il me tend en répétant deux trois fois que ça me fera peut-être plaisir.

Elle ouvre le sac, pousse un cri, ravie.

ELLE

— Des choses à manger !

VOIX INTÉRIEURE

Deux gros gâteaux, un cake salé, une saucisse, un fromage. Du chocolat et une miche de pain. J'enfourne une bouchée de quatre-quarts avant de le remercier.

LE MAIRE

— Y a pas de quoi.

ELLE

— J'avais faim.

LE MAIRE

— Je pourrai t'en rapporter.

ELLE

— Oh oui. J'ai toujours faim. Les enfants qui sont venus tout à l'heure ont même dit que j'étais grosse.

LE MAIRE

— Grosse, grosse... bien en chair, oui, voilà.

ELLE

— Sur la photo c'était terrible. J'espère que c'était pas moi. Qu'ils m'ont fait une blague.

LE MAIRE

— Mais c'est pas grave d'être comme ça. Moi j'aime beaucoup.

ELLE

— Ah bon ?

LE MAIRE

— Oui. Tu peux manger autant que tu veux, tu sais.

ELLE

— C'est gentil.

Elle reprend du chocolat en riant. Le maire s'approche d'elle.

LE MAIRE, *respirant fort*

— Tu es une belle fille tu sais.

ELLE

— Tante aussi disait ça.

LE MAIRE

— Elle avait raison.

VOIX INTÉRIEURE

Ah. Il vient toucher mes seins avec un petit cri, comme si ça lui faisait mal – et pourtant ça n'a pas l'air. Moi ça me chatouille. Je mange toujours. Il passe ses doigts sous mon corsage et je le regarde. Il a l'air gêné mais ses yeux brillent.

LE MAIRE

— Oui, une belle fille comme ça.

Séquence 5

VOIX INTÉRIEURE

Lui, et les autres.

Tous avec leur pantalon qu'ils descendent, et les cadeaux qu'ils apportent en murmurant que je suis une gentille fille. Des paniers, des boîtes, des paquets. Des biscuits, des poulets, des fruits ou des légumes – bien que je n'aime pas trop les légumes. Il n'y a jamais eu autant de réserves dans la maison. L'un des hommes du village m'a fait des étagères pour que je puisse empiler les conserves et les gâteaux, les cartons remplis de courses, les bouteilles de soda. J'aime voir tout cela. J'aimerais aussi qu'ils arrêtent eux tous de cogner à ma porte le soir et de s'agiter sur moi, mais ils ne me donneraient plus rien, j'en suis sûre. Alors j'attends qu'ils finissent, et qu'ils s'en aillent. Pendant qu'ils font leur affaire, je regarde la nourriture qui couvre les murs et je joue à chercher ce que je mangerai après. Parfois ils me retournent sur le ventre, et la tête entre les mains, le nez sur les rayonnages, je lis les étiquettes, quand ça ne bouge pas trop. Farine de blé 73 %. Sucre, beurre 13 %, lait écrémé en poudre. Viande de porc, sel, lactose, dextrose, sucre, épices. Conservateurs. Arômes. Chocolat en poudre 47 % (sucre, cacao), farine de blé, sucre, blanc d'œuf en poudre, amidon modifié, émulsifiants. Sirop de glucose et poudre à lever. Traces éventuelles de fruits à coques. Quel bonheur. Je grignoterais bien des cacahuètes.

Et pour me venger, je fais des petits pains aux saucisses et des gâteaux tout le temps, et j'invite leurs enfants.

Séquence 6

VOIX INTÉRIEURE

Ah, leurs enfants. Chaque jour après l'école, ils viennent, maintenant. Les mères peuvent bien leur interdire, ils s'en fichent. Et plus jamais ils me traitent de grosse ; je suis devenue leur amie, celle qui nourrit, qui console et bavarde, qui nourrit encore. Ils aiment s'asseoir sur mes genoux, un de chaque côté, et ils se calent là chacun leur tour comme sur de beaux coussins, cela les fait rire.

Ils racontent leurs petits soucis, ceux de la maison, ceux de l'école. Je les réconforte à coups de crêpes et de beignets.

ENFANTS

— Ma mère elle dit qu'on va devenir comme toi !

ELLE

— Vous avez déjà pris des bonnes joues. Mais vous êtes si jolis avec quelques kilos en plus !

Ils gazouillent et rient.

ENFANTS

— Et puis ils sont trop bons tes gâteaux.
— Meilleurs qu'à la maison.
— Moi ma mère elle les fait toujours trop cuire.
— T'en feras un à la banane ? J'adore la banane.
— Tu te souviens, celui aux noix ?
— Quand ça sera l'époque, on t'en rapportera.
— On peut manger celui-là ?
— Et celui-là ?
— Y a encore des saucisses ?

VOIX INTÉRIEURE

Il y en a toujours. Le soir, les pères tressautent sur mes fesses, se rhabillent devant les étagères et me demandent de ne plus nourrir leurs enfants, qui ne mangent plus à la maison parce qu'ils n'ont plus jamais faim, et les mères s'agacent. Il n'est pas loin le jour où elles débouleront ici pour me gronder, mais je m'en moque. Je dis chaque fois :

— Mmm mmm.

Le lendemain nous recommençons. Les petits prennent des photos.

Les enfants gloussent.

ENFANTS

— Regarde, on se ressemble de plus en plus, tous.
— T'as vu, on a des joues et du menton comme toi.
— On dirait qu'on est de la même famille.
— Moi je veux grossir encore de mille kilos !

ELLE

— Vous savez quoi, les enfants ? Le poids, ce n'est pas important. L'essentiel... c'est d'être heureux.

VOIX INTÉRIEURE

Et ils le sont, eux avec moi, et de mon côté je me force à penser à leurs pères pour ne pas trop m'attacher, me rappeler les paroles de tante, *Si tu y vas, crois-moi, ce sera pour ton malheur*. Et ces enfants-là, quand ils seront grands, est-ce qu'ils viendront eux aussi toquer le soir à ma porte ? Est-ce que les filles deviendront des mères qui interdiront à leurs petits d'aller voir la grosse ? Parfois ces questions me rendent triste. Je ne le montre pas. Et je refais passer le plat de biscuits. Ça m'aide à refréner ma mauvaise humeur quand, à la nuit tombée, il faut s'allonger, ouvrir les jambes et se taire, et je me donne de nouveaux buts, j'invente de nouvelles recettes. Parfois les hommes me font mal ou lancent des insultes et je leur demande d'arrêter, mais ils n'écoutent pas, et l'attente me semble plus longue. À ces moments-là, surtout, je ne perds pas de vue ma vengeance.

Séquence 7

VOIX INTÉRIEURE

Sur la photo, nous sommes alignés tels des petits cochons entourant leur marraine (parce que je suis plus grande, je les dépasse d'une tête). Il y a quelque temps, affolées par le poids de leurs enfants, les mères ont voulu fermer leurs maisons pour les empêcher de venir chez moi. Et eux les jours suivants ont inventé mille ruses pour me rejoindre. Ils me le racontent avec beaucoup d'excitation.

ENFANTS

— Moi je suis passé par la fenêtre parce qu'ils avaient fermé la porte de ma chambre à clé.

— Moi j'ai mis des oreillers sous mon drap pour qu'ils croient que je dormais.

— Et moi j'ai dit que j'allais faire mes devoirs chez Mariette, et Mariette a dit qu'elle allait les faire chez moi, et on est venues ici !

— Antoine, en plus, il a engueulé sa mère parce que sa cuisine, elle était trop mauvaise.

— Elle m'a donné une gifle, t'as vu la marque sur ma joue ? J'ai même pas pleuré.

— Au bout de trois jours ils ont abandonné.

— Même quand ils nous ont tapés, on s'est sauvés.

VOIX INTÉRIEURE

Et moi le maire finit par me dire que je pose un gros problème, évidemment. Mais cette fois je ne me tais pas, parce que j'ai une proposition à lui soumettre.

ELLE

— Si vous arrêtez tous de venir le soir, j'arrêterai de faire des gâteaux.

LE MAIRE

— Mais c'est ce qui te permet de te nourrir, non ?

ELLE

— Eh bien vous continuerez à me donner des choses à manger, mais vous ne viendrez plus.

LE MAIRE

— Ah mais ça ne va pas aller comme ça, pas du tout. Dans la vie, on n'a rien pour rien, petite. Il faut bien qu'il y ait un échange. Et puis personne ne te fait de mal, hein.

ELLE

— J'en ai assez de tout ça.

LE MAIRE

— Il ne faut pas être capricieuse. Tu as de la chance d'avoir à manger à volonté et de pouvoir rester dans ta maison.

ELLE

— J'aime pas ce qu'ils font.

LE MAIRE

— Mais tu n'as pas le choix, voilà tout. Tu n'as qu'à penser à autre chose, ça passera plus vite.

VOIX INTÉRIEURE

Je le fais déjà, abruti. Mais je comprends que ça ne changera pas et je me tais, même quand le maire me donne deux tapes sur les fesses en se mettant à califourchon sur moi avant de partir, il adore ces petites claques, il dit que je suis bonne, bonne, bonne. Demain je ferai un pudding rien que pour ses enfants à lui.

Séquence 8

VOIX INTÉRIEURE

Des parents sont venus parce que Riton a disparu hier. Il y avait les policiers avec eux, et le même journaliste que la dernière fois. Les policiers, ils m'ont expliqué. Plus de Riton. Envolé. Personne l'a revu depuis hier. Pourtant il était ici avec les autres après l'école, je m'en souviens bien, on a mangé un cake au chocolat qu'on a trempé dans un saladier de crème anglaise. Mais lui n'est jamais rentré chez lui. Ils l'ont cherché toute la nuit, au village, et ce matin ils sont là, comme si je pouvais savoir. Une sorte de dernier espoir. Pas de chance.

ELLE

— Ben non je l'ai pas vu.

POLICIERS

— Et il était normal hier ?

ELLE

— Bah oui.

POLICIERS

— Il n'a rien dit de spécial ?

ELLE

— Non. Il a mangé comme d'habitude, c'est tout.

POLICIERS

— Et il est reparti avec les autres ?

ELLE

— Oui. Par là.

POLICIERS

— À ton avis, il n'a pas pu aller ailleurs ?

ELLE

— Ben... je sais pas. J'crois pas.

POLICIERS

— Tu n'as rien remarqué de bizarre ? Une voiture ? Quelqu'un que tu ne connaîtrais pas ?

ELLE

— Franchement non. Y avait rien.

JOURNALISTE

— Quelle histoire. Quelle histoire !

Voix intérieure

Et je suis sûre que celui-là, le journaliste, il pense déjà à l'article qu'il va écrire, même s'il ne sait pas ce qui s'est passé. La mère se met à pleurer. Je ne vais pas lui dire que j'ai murmuré un secret à l'oreille de Riton hier, quand même. Que j'avais une surprise pour lui, s'il faisait semblant de partir avec les autres et qu'il revienne après. Riton, je l'aime bien. C'est le plus gras de tous, mes gâteaux lui ont drôlement profité. C'est pour ça que je l'ai choisi. Et aussi parce qu'il ne parle pas beaucoup, c'était bien, pour la première fois. Je ne pense pas qu'il ait eu peur. J'ai fait ça vite. Je crois qu'il n'a même pas eu mal.

Quand les gens du village s'en vont, je retourne dans la maison et je remue la chair à saucisse dans la cocotte. Ça a attaché un peu et l'odeur de grillé me fait saliver, avec les épices qui donnent un parfum sucré-salé. J'ai de quoi faire un bon nombre de petits pains pour ce soir, quand les enfants sortiront de l'école. Sûr qu'il en restera pour demain. Peut-être même après-demain.

Quand il n'y en aura plus, c'est pas grave : je dirai un secret à l'oreille de Zoé, qui pèse cinquante-deux kilos à neuf ans, et à son tour elle reviendra à pas de loup, sans que les autres la voient. Alors je pourrai cuisiner à nouveau des dizaines de petits pains aux saucisses, et je regarderai manger les enfants en rigolant. Ils me diront que ça a le goût de veau. C'est vrai que ça ressemble.

Et quand les pères sauteront sur mon ventre le soir, je penserai à leurs fils et à leurs filles, et je me mettrai à rire.

TRAIN D'ENFER

Ingrid Desjours

PERSONNAGES

DANS LA GARE :

JEUNE HOMME : *vingt ans, accent des cités.*
MATHIS : *trente-cinq ans.*
FEMME N° 1 : *la trentaine.*
FEMME N° 2 : *la quarantaine.*
HOMME N° 2 : *la quarantaine.*
GUICHETIÈRE : *la cinquantaine.*

DANS LE TRAIN :

FILLE SEXY : *voix suave, la trentaine.*
L'AMOUREUSE : *la vingtaine.*
L'AMOUREUX : *la vingtaine.*
MEC CHELOU : *la quarantaine.*
LA VIEILLE : *soixante-dix printemps.*
CONTRÔLEUR : *accent du Sud, la cinquantaine.*
L'OFFICIER DU TRAIN : *la trentaine.*
POLICIER N° 1 : *la quarantaine.*
POLICIER N° 2 : *la vingtaine.*
LE FORCENÉ : *type altermondialiste, la vingtaine.*

1 INT. JOUR / GARE DE LYON / TOILETTES POUR HOMMES

Bruit de chasse d'eau. Une porte grince. Des semelles en caoutchouc font quelques pas sur un sol qu'on devine poisseux. On entend des annonces de train qui parviennent étouffées depuis la gare ainsi qu'un brouhaha de voyageurs. De l'eau coule d'un robinet et on entend le bruit d'un rasoir qu'on tapote sur le lavabo. Un autre robinet d'eau s'actionne.

JEUNE HOMME, *une vingtaine d'années, qui parle avec l'accent « cité »*

La vérité j'sais pas comment vous faites pour vous raser ici, c'est trop dégueulasse !

Les bruits du rasoir qu'on tapote s'amplifient. L'homme (Mathis, trente-cinq ans) ne répond pas.

JEUNE HOMME

Vous avez pas peur d'attraper des saloperies, m'sieur, sérieux ?

MATHIS, *agacé*

Des parasites y en a partout.

Robinet qu'on ferme. Bruit de serviette qu'on déroule. Mathis s'éloigne. Le jeune voyageur semble comprendre l'allusion.

JEUNE HOMME, *énervé*

Oh pour qui tu te prends, bouffon ?
T'as vu ta gueule avec tes cheveux décolorés ? C'est toi le parasite !

Mais l'homme ne l'entend pas : un bruit de porte indique qu'il est sorti de la pièce.

2 INT. JOUR / GARE DE LYON / GUICHET DU HALL DE GARE

Mathis marche d'un pas qui s'accélère. Il respire bruyamment.

VOIX OFF DE MATHIS, *impatient*

Mais poussez-vous... Laissez-moi passer bon sang !

Des gens l'invectivent.

FEMME N° 1, *outrée*
Vous pourriez faire attention, vous voyez pas que j'ai une poussette ?

FEMME N° 2, *agressive*
Non mais vous vous croyez où pour bousculer les gens comme ça ?

HOMME N° 2
Laisse tomber, chérie, c'est un gros connard ! Il a de la chance qu'on soit pressés, celui-là !

Mathis arrive à un guichet.

MATHIS, *essoufflé*
Un billet s'il vous plaît.

LA GUICHETIÈRE, *pincée*
Bonjour !... Quelle destination ?

Silence.

VOIX OFF DE MATHIS
Putain, y a des caméras partout... Comment je vais faire si...

LA GUICHETIÈRE, *le coupant dans ses pensées*
Vous allez où, monsieur ?

Toujours pas de réponse.

VOIX OFF DE MATHIS, *stressé*

Respire. Reste calme. N'attire surtout pas l'attention. Tout va bien se passer !

Sa respiration se fait plus bruyante.

LA GUICHETIÈRE, *inquiète*

Ça va, monsieur ?

MATHIS, *recouvrant ses esprits*

Oui, oui ça va.

LA GUICHETIÈRE, *inquiète*

Vous êtes sûr ? Vous êtes en nage ! Et puis vous êtes tout pâle.

MATHIS, *coupant court*

Orange.

LA GUICHETIÈRE, *ne comprenant pas*

Ah non, vous êtes blanc comme un linge !

MATHIS, *agacé*

Je vais à Orange. Je prendrai le prochain train.

LA GUICHETIÈRE, *pincée*

Ah. Le prochain train partira dans...
(tapote sur son clavier)... moins de huit minutes, c'est un peu juste pour l'attraper.
Je regarde l'horaire du suivant... ?

MATHIS, *impatient*

Pas la peine. Huit minutes, c'est suffisant, je vais prendre celui-ci.

LA GUICHETIÈRE

Comme vous voudrez, monsieur.

L'imprimante de la guichetière se met en branle.

LA GUICHETIÈRE

Voilà. Le train partira voie 13. Ça vous fera...

Bruit de fermeture Éclair, puis de billets de banque qu'on déplie

MATHIS, *la coupant*

Tenez. Gardez la monnaie.

LA GUICHETIÈRE

200 euros mais c'est trop !

MATHIS, *s'éloignant déjà*

C'est cadeau...

On entend Mathis courir dans le hall. Il est essoufflé.

ANNONCE SNCF

Le TER n° 6666 à destination d'Orange va partir. Les personnes accompagnant les voyageurs sont priées de descendre du train...

Les pas de Mathis s'accélèrent. Il souffle comme un bœuf.

VOIX OFF DE MATHIS
Putain, putain, putain !

Mathis gravit bruyamment les marches du train.

3 INT. JOUR / TRAIN

Bruit de sifflet. Mathis est dans le train. Il reprend son souffle et ouvre la porte de la voiture.

VOIX OFF DE MATHIS
Bien sûr, ça ne pouvait pas être un TGV, hein... pas une seule place isolée... Génial. J'ai le choix entre des tourtereaux qui regardent une série sur leur portable en se léchant la glotte, un type à qui on a l'air d'avoir piqué son sandwich et cette fille qui va me mettre la gaule pendant tout le trajet...

Les bruits de pas sont amplifiés par le lino en caoutchouc. Ils marquent un arrêt.

FILLE SEXY, *voix enjôleuse*
Vous voulez vous mettre ici ?

VOIX OFF DE MATHIS, *graveleux*
C'est plutôt toi que j'ai envie de mettre, chérie...

FILLE SEXY, *avenante*
Tenez, je pousse mon sac si vous voulez.

VOIX OFF DE MATHIS, *méfiant*

Ce que je voudrais surtout bien savoir, c'est pourquoi t'es si sympa avec un inconnu en sueur... Putain, si ça se trouve, c'est une flic en civil... Non, c'est ridicule, personne ne pouvait savoir à l'avance que je prendrais ce train...

FILLE SEXY

Je ne mords pas, vous savez !

VOIX OFF DE MATHIS

Mais dans le doute...

Les bruits de pas reprennent sur le caoutchouc.

FILLE SEXY, *déçue*

Bah faut le dire hein si je vous dérange ! Ça m'apprendra à être sympa, tiens !

Gloussement de la part du jeune couple

L'AMOUREUSE, *moqueuse*

Oh le vent qu'il lui a mis à l'autre pétasse !

L'AMOUREUX, *sur le ton de la réprimande*

Chut ! Elle va nous entendre...

Les bruits de pas cessent à nouveau.

VOIX OFF DE MATHIS, *soulagé*

Yes ! Deux places libres !

On l'entend s'installer sur le siège.

VOIX OFF DE MATHIS

Putain, pourquoi il démarre pas ce train ? Je croyais que le départ avait été sifflé... *(paniqué)* ils m'ont retrouvé, putain, ils m'ont retrouv...

Raclement de gorge d'une vieille dame

LA VIEILLE, *l'interrompant*

Cette place est libre, jeune homme ?

MATHIS

Oui mais...

LA VIEILLE

Ah, tant mieux ! Je ne suis pas sûre que mes vieilles jambes auraient pu me porter plus loin et, pour tout vous dire, je n'aime pas voyager seule...

La vieille dame s'installe. On entend un bruit de breloques.

LA VIEILLE

Pardon, je fais un bruit fou avec mon pendentif...
Mais j'y tiens tellement ! Vous n'ôtez pas votre manteau, jeune homme ?
Vous allez avoir trop chaud.

MATHIS

Merci, mais ça va aller.

Le sifflet sur le quai annonce à nouveau le départ du train qui s'ébranle dans un bruit caractéristique.

LA VIEILLE, *sur le ton de la confidence*

C'est à cause de moi que nous partons avec un peu de retard. J'ai mis du temps à rejoindre cette voiture... Heureusement, le conducteur a eu la gentillesse de m'attendre.

En fond sonore, on entend les dialogues d'une série américaine. Le jeune couple éclate de rire bruyamment.

MEC CHELOU, *énervé*

Eh, vous pouvez pas la mettre un peu en veilleuse avec votre bouzin, là ?

L'AMOUREUSE

Oh ça va, on rigole, on a le droit !

MEC CHELOU

Vous avez surtout le droit de pas emmerder le monde avec vos niaiseries. Alors soit vous mettez votre casque soit vous éteignez.

L'AMOUREUSE

Non mais c'est bon, pour qui vous vous prenez, la police du train ?

LA VIEILLE

Ça va, jeune homme ? Vous avez sursauté comme si vous aviez vu le diable...

VOIX OFF DE MATHIS

Tu m'étonnes que j'ai sursauté. J'y peux rien si dès que j'entends le mot « police » ça me rend nerveux, moi...

MATHIS

Non, c'était juste un frisson...

LA VIEILLE

Ah. Alors dans ce cas vous avez raison de garder votre manteau, vous couvez peut-être quelque chose.

On attrape vite la mort ces temps-ci...

Le bruit de fond baisse un peu, le jeune couple s'est calmé. On n'entend presque plus les dialogues. Le bruit du train qui avance sur les rails a pris le relais.

VOIX OFF DE MATHIS

Ça, c'est sûr que la mort, j'ai bien failli l'attraper ! Mais faut croire que c'était pas mon heure, mamie ! Le diable pourra repasser, parce que j'ai bien l'intention de profiter de la vie et de tout ce que je pourrai avant de tirer ma révérence... surtout que maintenant j'ai de quoi ! Ouais je vais me gaver !

LA VIEILLE

Vous avez faim ?

MATHIS, *décontenancé*

Pardon ?

Bruit de papier aluminium

LA VIEILLE

Vous voulez un biscuit ? C'est moi qui les ai faits !

VOIX OFF DE MATHIS

Si tu crois que je te vois pas venir, toi... Si j'accepte, va falloir que je t'écoute me raconter ta vie. Ce sera donnant-donnant, je le sais. Et tes problèmes de rhumatismes ou tes parties de belote avec tes copines octogénaires, je m'en branle !

LA VIEILLE

Faites-vous plaisir, vous en avez forcément envie !

MATHIS

Je n'ai pas faim...

LA VIEILLE, *insistante*

Ils ne sont pas empoisonnés, vous savez ! Regardez !

Elle croque dans un gâteau.

MATHIS

Dans un moment, peut-être... Là, faut que j'aille... enfin vous voyez, quoi !

LA VIEILLE, *déçue*

Ah... bien sûr. À tout à l'heure alors ?

Pour toute réponse, on entend le bruit des pas de Mathis dans l'allée. Bruit de porte qui grince un peu, verrou qu'on tourne.

4 INT. JOUR / TRAIN / TOILETTES

VOIX OFF DE MATHIS

Allez, c'est bon, respire mec. T'as fait le plus dur.

Personne ne sait que t'es là. Ni les flics, ni ces enfoirés de mafieux.

Personne. OK ?

Y a que toi, ici. Toi et ton passeport pour la liberté, bien au chaud contre cœur.

L'homme se frappe la poitrine du plat de la main. Il fait couler de l'eau du robinet.

VOIX OFF DE MATHIS

Fait suer d'avoir dû raser mon bouc, par contre : ça faisait plus de dix ans que je le portais. J'ai vraiment une sale gueule, imberbe comme ça. Et puis avec ces cheveux blonds j'ai une tronche de déterré. Dès que je suis au soleil, je laisse repousser tout ça... Allez, venez voir papa les enfants.

Bruit de tissu. Suivi d'une cascade de diamants qui tombent dans sa paume. On l'entend les caresser du bout des doigts.

VOIX OFF DE MATHIS

Mon Dieu que vous êtes beaux... je suis riche, putain. Riche ! Ça valait bien de doubler un parrain de la mafia ! Lucifer, tu parles d'un surnom... En tout cas c'est son intermédiaire qui a dû se sentir bien conne quand j'ai disparu de la circulation !

Des coups sont violemment frappés à la porte des toilettes. Mathis laisse échapper un petit cri de surprise et on entend les diamants se répandre sur le sol.

MATHIS

Oh non !

MEC CHELOU, *derrière la porte*

Vous en avez encore pour longtemps ?

MATHIS, *paniqué*

Y a... des toilettes plus loin.

MEC CHELOU

Ouais mais moi c'est celles-ci qui m'intéressent. Ça urge, mec.

L'eau continue de couler.

VOIX OFF DE MATHIS

Non, non, non ! Mais c'est pas vrai !?

Il gémit en se mettant à quatre pattes.

VOIX OFF DE MATHIS
Papa est là, papa est là... il n'ira nulle part sans vous mes chéris. 1, 2, 3... 10...

L'homme tape de nouveau à la porte.

MEC CHELOU, *énervé*
Hé, vous m'entendez là-dedans ?

VOIX OFF DE MATHIS
15... 25... Putain il en manque 3 ! Ils sont où, bordel, ils sont où ?

L'homme actionne la poignée à plusieurs reprises.

MEC CHELOU, *furieux*
Vous allez vous dépêcher oui ? Ou je défonce cette porte !

VOIX OFF DE MATHIS, *stressé*
Mais pourquoi il insiste autant celui-là ?... Mon Dieu... Et si c'était un homme de main de Lucifer : il m'aurait suivi pour me reprendre les diamants et peut-être pire encore... Mais non c'est ridicule... Tu te fais des films. Allez calme-toi et concentre-toi sur tes diamants. Je vous vois mes bébés, j'arrive...

Mathis gémit, s'essouffle, se relève. Et soupire de soulagement. Bruit de tissu, de mains qu'on lave
Mathis déverrouille la porte. Bruit de corps qui se percutent

MATHIS

Vous me bloquez la sortie, là.

MEC CHELOU

Vous m'avez bien bloqué l'entrée !

MATHIS

Laissez-moi passer ! Je vous signale que je sais me battre !

MEC CHELOU

Non mais ça va pas ? Vous êtes parano ou quoi ? Je vous retiens pas ! C'est moi que je ne vais pas retenir plus longtemps si vous voyez ce que je veux dire... Si je vous dis que ça urge, c'est que ça urge. Allez, dégagez maintenant !

Mathis s'extrait de la cabine exiguë. On entend ses pas sur le lino, puis le bruit de deux corps qui se frôlent.

FILLE SEXY

Pardon...

MATHIS

Non c'est moi...

FILLE SEXY

Ces couloirs sont étroits...

MATHIS

Oui... Je voulais m'excus...

FILLE SEXY, *déjà loin*
À plus tard, peut-être... ?

Mathis rejoint sa place et laisse échapper un rire nerveux.

5 INT. JOUR TRAIN / VOITURE

LA VIEILLE, *curieuse*
Qu'est-ce qui vous amuse comme cela, jeune homme ?

MATHIS
Je crois que le gars qui m'a suivi aux toilettes a une méchante gastro !

LA VIEILLE, *complice*
Ce n'est pas bien de se moquer du malheur des autres !

MATHIS
Non, c'est vrai. Mais ça ouvre l'appétit. Je peux en prendre un maintenant ?

LA VIEILLE, *semblant un peu perdue*
Prendre quoi ?

MATHIS
Un biscuit.

LA VIEILLE, *tombant des nues*

Ah mais bien sûr ! Autant que vous voulez, jeune homme !

MATHIS

Attention, si je vous prends au mot : je suis d'une nature gourmande !

LA VIEILLE

La gourmandise n'est un défaut que si on n'a pas été invité à se servir. Allez... mangez. Mon grand-père me disait toujours : « Mange, tu ne sais pas qui te mangera ! »

MATHIS

Un optimiste, votre grand-père !

LA VIEILLE

Un lucide, surtout...

Mathis croque dans un biscuit. Mastication

MATHIS

Hummmm... Ils sont délicieux vos gâteaux !

LA VIEILLE, *ton de la confidence*

Merci. Je les ai faits avec amour ! En réalité j'en ai un bon kilo. Je les ai préparés pour ma petite-nièce, qui est restée à Paris. Mais je suis tellement étourdie, que j'ai oublié que j'avais déjà fait cuire une fournée quand j'ai lancé la seconde ! Je me retrouve donc avec tous ces biscuits pour nous deux ! Vous comprendrez pourquoi j'insiste autant pour vous en offrir !

La vieille dame éclate de rire. Mathis rit aussi de bon cœur.

LA VIEILLE

Ah les pertes de mémoire, c'est quelque chose, croyez-moi ! Mais ce sont les dommages collatéraux de l'âge, que voulez-vous ! Vous allez jusqu'où, comme ça ?

Mathis stoppe net son rire.

MATHIS

J'ai loué une maison dans le Sud à un particulier, pour quelques jours. Après, j'aviserai...

LA VIEILLE

Une sorte de retraite ?

MATHIS

C'est ça.

LA VIEILLE, *ton amer*

Il y a des retraites plus agréables que d'autres... C'est pour cela qu'il faut toujours penser à bien assurer ses arrières... moi j'ai...

MATHIS, *l'interrompant*

Vous inquiétez pas pour mes arrières, madame... j'ai de quoi voir venir.

LA VIEILLE, *sombre*

C'est bien, mon petit. Méfiez-vous alors des faux amis... On ne sait jamais d'où la trahison peut venir et on peut payer cher sa naïveté. Voyez, moi, j'ai fait confiance au petit ami de ma nièce pour gérer mes biens... Résultat, il m'a dépouillée.

Mathis ne répond pas. Il soupire et déplie un journal assez bruyamment pour clore la discussion. Le bruit de fond de la série américaine s'arrête brusquement.

L'AMOUREUX

Pourquoi t'arrêtes ?

L'AMOUREUSE, *excitée*

Ben ça alors, tu sais le type qui a volé les diamants y a trois jours, à Paris ? Ils en avaient parlé aux infos...

L'AMOUREUX

Bah quoi ?

L'AMOUREUSE

Je viens de recevoir une alerte sur mon téléphone ! La dernière fois qu'il a été vu, c'est gare de Lyon !

L'AMOUREUX

Sans déc ? Si ça se trouve il est dans le même train que nous !

L'AMOUREUSE, *feignant la supplication*

Oh monsieur si vous êtes là, avec tous vos diamants, vous pouvez m'en donner juste un s'il vous plaît ? Même un tout petit ! Vous aurez ma reconnaissance éternelle !

MEC CHELOU, *sort des W-C – grosse voix*

Mettez-la en sourdine, un peu !

LA VIEILLE, *ton inquiet*

Ça va, jeune homme ? Vous avez à nouveau cet air d'avoir vu le diable...

MATHIS, *voix mal assurée*

Oui, ça va... Vous disiez quoi déjà ?

LA VIEILLE

À propos de quoi ?

MATHIS

De votre neveu.

LA VIEILLE, *surprise*

Ah je vous ai parlé de lui ?

MATHIS, *surpris*

Vous ne vous en souvenez pas ?

VOIX OFF DE MATHIS, *angoissé*

Je t'en prie la vieille, raconte-moi n'importe quoi pourvu que je puisse prendre l'air normal...

LA VIEILLE, *sonne faux*

Si, si... Je disais que le petit ami de ma nièce m'a dépouillée. Et que je n'ai guère de solution dorénavant... c'est pour ça que je fais ce voyage. C'est une sorte d'adieu aux choses du passé. Après je rentrerai à Paris et...

MATHIS

Vous allez partir en maison de retraite ?

LA VIEILLE, *ne semblant pas l'entendre*

Il faut savoir prendre ses responsabilités : quand on est un parasite, il faut savoir tirer sa révérence... Ma petite-nièce s'en veut, bien sûr, parce que c'est elle qui a fait entrer le loup dans la bergerie. Elle aurait voulu trouver une alternative, aussi.

MATHIS, *compatissant*

Votre nièce a raison, vous n'êtes pas obligée d'en arriver là, c'est peut-être excessif comme solution. Et puis vous n'êtes pas un parasite...

VOIX OFF DE MATHIS

Allez mamie, laisse-toi aller... voilà. Faut qu'on ait l'air de se connaître et de s'aimer... C'est bien... Les deux tourtereaux nous regardent avec des yeux de merlans frits, je suis sûr qu'eux aussi, ils te prennent pour ma grand-mère... Et un voleur, ça voyage pas avec sa mémé... Bon... le sale con qui a la gastro, il s'en fout, il regarde ailleurs.. Manque plus que la bombasse... Tiens, mais d'ailleurs, où elle est ? Elle est toujours pas revenue à sa place ?

Le bruit du train s'arrête brutalement.

L'AMOUREUX
Hey mais pourquoi le train s'arrête ?

L'AMOUREUSE, *agacée*
Encore un animal qui gêne la voie je suppose. J'espère qu'ils ne vont pas mettre trois plombes à repartir.

ANNONCE SNCF, *accent du Sud*
Mesdames et messieurs, notre train est arrêté sur la voie. Pour votre sécurité merci de ne pas essayer d'ouvrir les portes et de rester à l'intérieur du train...

VOIX OFF DE MATHIS
Ce n'est pas pour toi OK ? Il n'y a rien d'anormal à la situation. Reste calme.

ANNONCE SNCF
Suite à une défaillance technique, nous sommes dans l'obligation de reconduire ce train à la gare de Lyon pour un contrôle de sécurité. Sur place, vous serez pris en charge par notre personnel qui vous informera des prochains trains en partance pour votre destination. Nous vous remercions de votre compréhension et vous prions de bien vouloir nous excuser pour la gêne occasionnée.

Des râles et soupirs de protestation s'élèvent dans la voiture.

VOIX OFF DE MATHIS

Une défaillance technique ! C'est ça ! On y croit ! C'est les flics ! Ils m'ont retrouvé ! Ils savent que je suis dans ce fichu train et ils vont me cueillir... je dois me casser et vite.

Mathis se lève d'un bond, attrape ses affaires.

LA VIEILLE

Vous partez ?

Bruit de pas sur le lino. De poignée qu'on actionne. Mais le train s'ébranle à nouveau. La main s'acharne sur la poignée.

VOIX OFF DE MATHIS

Tu vas t'ouvrir, oui ?

Le train prend de la vitesse.

VOIX OFF DE MATHIS

OK. Réfléchis... Si les flics t'ont repéré dans la gare, c'est forcément avant que tu te rases et que tu te teignes en blond. Donc ils ne savent pas à quoi tu ressembles... et tes nouveaux papiers feront illusion en cas de contrôle...

LE CONTRÔLEUR, *accent du Sud*

Monsieur, veuillez regagner votre siège, s'il vous plaît...

MATHIS, *paniqué*

Je... C'est parce que je suis claustrophobe... Je voulais juste respirer.

LE CONTRÔLEUR

Vous respirerez aussi bien à votre place.

MATHIS, *agacé*

C'est ça...

Mathis inspire et souffle bruyamment. Bruit de pas sur le lino, il s'assied à nouveau sur son siège.

LA VIEILLE

Ah vous revoilà ! Vous en avez mis, du temps ! Vous avez peut-être la gastro, vous aussi, finalement ?

MATHIS

Non ça va, madame. Tout va bien.

LA VIEILLE, *époussetant la veste de Mathis*

Je ne sais pas où vous vous êtes frotté mais vous êtes plein de poussière ! Attendez, je vais arranger ça !

Bruit de vêtement qu'on époussette

MATHIS, *se laissant faire*

Vous êtes vraiment gentille, vous savez ?

LA VIEILLE

Oh, à mon âge, que reste-t-il à part l'attention qu'on porte aux autres ?

MATHIS

Celle que l'on vous porte ?

LA VIEILLE

Bah... en dehors de ma petite-nièce... Les gens ont plutôt tendance à me fuir...

MATHIS

C'est triste... Vous habitez où dans Paris ?

LA VIEILLE

Je vis rue de Trévise, dans le neuvième arrondissement. Pourquoi ?

MATHIS

Vous n'allez pas quitter cet appartement dans les semaines qui viennent, si ?

LA VIEILLE

Non, mais...

MATHIS

Alors c'est décidé ! Je viendrai vous rendre visite chez vous, si vous le voulez bien. On prendra le thé et vous me ferez vos merveilleux biscuits !

LA VIEILLE, *suspicieuse*

Mais pourquoi un jeune homme comme vous viendrait voir une vieille dame sans intérêt ? Si vous lorgnez sur mon héritage, sachez que...

MATHIS, *l'interrompant*

Pas du tout, madame ! C'est juste que vous êtes plus précieuse que vous ne l'imaginez...

VOIX OFF DE MATHIS

Surtout quand j'aurai glissé mes bébés dans ton sac, le temps que les flics fassent leur sale boulot... Qui irait fouiller dans les affaires d'une mamie gâteau ?

LA VIEILLE, *minaudant*

Vous êtes un charmeur ! Je ne crois pas qu'on se reverra... mais j'habite au numéro 16 !

Silence entre eux. On entend le bruit du train. Mathis se tâte la veste. D'abord doucement, puis de plus en plus fort.

VOIX OFF DE MATHIS, *angoissé*

Mes diamants ! Je ne les sens plus ! C'est pas vrai, je les ai mis dans cette poche pourtant, j'en suis sûr !

LA VIEILLE

Vous avez perdu quelque chose, mon petit ?

VOIX OFF DE MATHIS

Ils n'ont pas pu tomber... Je me revois les placer là, avant de sortir des W-C... Avant de croiser ce connard... et... *(furieux)* oh la salope !

MATHIS, *stressé*

La... la jeune femme qui était là, tout à l'heure... elle n'est toujours pas revenue à sa place ?

LA VIEILLE

Elle vous plaît, c'est ça ?

MATHIS

Pas du tout ! Je me demande où elle est passée, c'est tout... La dernière fois que je l'ai croisée, c'était entre deux compartiments et...

VOIX OFF DE MATHIS, *inquiet*

Et elle m'a bousculé. Frôlé... C'est une putain de pickpocket ! C'est pour ça qu'elle tenait tant à ce que je m'asseye à côté d'elle !

Mathis se lève et se tâte bruyamment.

LA VIEILLE

Si c'est des cigarettes que vous cherchez vous allez vous faire gronder par le contrôleur ! On n'a pas le droit de fumer ici.

MATHIS

Non, je ne cherche pas des cigarettes mais...

LA VIEILLE

Mais ?

VOIX OFF DE MATHIS

Mes putain de diamants ! J'ai pas cambriolé un bijoutier et doublé un parrain de la pègre pour me faire chourer mes diamants par une connasse en robe rouge !

Mathis se lève et se heurte à la tablette du siège en face. Il étouffe un juron.

VOIX OFF DE MATHIS

Elle est partie où cette salope ? Je vais lui régler son compte, moi !

L'AMOUREUSE

Hey monsieur, c'est ça que vous cherchez ?... Là, sous votre siège...

MATHIS

Quoi ?

L'AMOUREUSE

Y a un truc sous votre siège...

Mathis se met à quatre pattes... on l'entend tâtonner, essoufflé.

MATHIS, *soulagé*

C'est ça ! Oh merci vous êtes géniale !

LA VIEILLE

Vous devriez être plus prudent avec vos affaires, jeune homme ! Qu'est-ce que c'est ?

MATHIS

Mes affaires, justement...

LA VIEILLE, *ton navré*

Pardon, je ne voulais pas être indiscrète. En revanche... Regardez qui revient parmi nous ! Notre jolie passagère ! Je comprendrais que vous souhaitiez vous asseoir à côté d'elle, vous savez...

L'AMOUREUSE, *à son amoureux*

On arrive dans combien de temps tu penses ?

L'AMOUREUX

Dix minutes max. On n'était pas très loin... et j'ai l'impression qu'on roule plus vite qu'à l'aller.

VOIX OFF DE MATHIS

Allez mamie. Maintenant va falloir me laisser accéder à ton sac à main !

MATHIS

Au fait, je vais vous laisser mes coordonnées, au cas où... Vous avez de quoi noter ?

Elle fouille dans son sac. On entend un bruit de clés.

LA VIEILLE

Oui, j'ai un stylo ! Et ce petit carnet devrait faire l'affaire ! Tenez...

Mathis griffonne sur le carnet...

MATHIS

Bougez pas, je remets le carnet dans votre sac...

LA VIEILLE

Vous êtes bien aimable, jeune homme. Merci !

VOIX OFF DE MATHIS

Et voilà, ni vu ni connu je t'embrouille. Y a plus qu'à espérer que tu ne vides pas ton sac en rentrant...

Le train s'arrête.

ANNONCE SNCF, *accent du Sud*

Mesdames et messieurs, nous sommes arrivés gare de Lyon... Veuillez ne pas bouger de votre siège et respecter les consignes de sécurité qui vont suivre...

L'AMOUREUSE

Hey ! Mais y a des flics partout ! C'est quoi ce délire ?

L'AMOUREUX

Bah ça alors ! Le voleur de diamants... Il doit être dans notre train ! Sans déc on avait deviné !

Les portes s'ouvrent. Un officier de police se poste à l'entrée de la voiture.

L'OFFICIER

Mesdames et messieurs, ceci est un contrôle de routine. Merci de préparer vos pièces d'identité pour vérification.

MEC CHELOU, *provocateur*
Et puis quoi encore ? Pour quel motif ?

L'OFFICIER
Pour des raisons de sécurité que nous ne sommes pas autorisés à vous dévoiler pour l'instant. Merci d'obtempérer...

MEC CHELOU
Ah ouais et si je refuse ?

L'OFFICIER, *suspicieux*
Vous avez quelque chose à cacher, monsieur ?

VOIX OFF DE MATHIS, *jubilant*
Ouais c'est ça, mec... attire l'attention sur toi, c'est bien...

Soudain, à l'autre bout du compartiment, l'autre porte s'ouvre bruyamment.

DES POLICIERS, *cris*
Arrêtez-le ! Le laissez pas filer !

LE FORCENÉ
Laissez-moi passer, vous avez pas le droit de faire ça !

L'AMOUREUSE, *hystérique*
Mon Dieu ! C'est un couteau qu'il tient dans ses mains ?

Des cris s'élèvent dans le compartiment. Un vent de panique saisit les voyageurs qui crient, se bousculent, attrapent leurs affaires pour s'enfuir. On entend des bruits de corps qui se heurtent.

LE FORCENÉ

Lâchez-moi ! J'emmerde la police ! Vous avez pas le droit ! Je vais tous vous défoncer vous m'entendez ?

Ça panique et crie de plus belle dans la voiture...

L'OFFICIER

Calmez-vous, OK ? Mesdames et messieurs, veuillez regagner vos pla..

Pris dans la bousculade, il est coupé net.

VOIX OFF DE MATHIS

C'est maintenant ou jamais. Au pire je dirai que j'ai suivi le mouvement... Allez, j'y vais !

Mathis se lève promptement, est rattrapé par sa manche (bruit de tissu qu'on retient).

LA VIEILLE

Non, s'il vous plaît, restez avec moi !

MATHIS

Lâchez-moi, mad...

Bruit de bousculade. La vieille dame pousse un cri. Mathis aussi. Bruit de corps qui tombe sur un autre

LA VIEILLE

Aïe ! Vous me faites mal ! Relevez-vous, vous m'étouffez !

MATHIS, *souffle court*

Moi aussi je me suis fait mal, je vous signale ! Y a un truc qui m'a piqué. Écoutez... je dois y aller... on se revoit à Paris... Promis !

Respiration bruyante et bruits de pas de Mathis qui court dans la cohue. Saute du train.

6 EXT. JOUR / GARE DE LYON / QUAI

Mathis s'échappe sur le quai. Derrière lui, des bruits de pas qui se rapprochent.

LE POLICIER, *criant*

Arrêtez-vous, monsieur !

Les pas se rapprochent encore. Bruit sourd de deux corps qui chutent ensemble. Cliquetis de menottes

MATHIS

Non ! Lâchez-moi !

LE POLICIER

Vous allez me suivre gentiment et on va procéder à un contrôle d'identité. Vous avez même gagné une fouille au corps en jouant au con comme ça. Allez, faites pas d'histoires, suivez-moi...

7 INT. JOUR / GARE DE LYON / SALLE DES CONTRÔLEURS

VOIX OFF DE MATHIS, *méthode Coué*

Ils n'ont rien contre toi. Tu as paniqué dans le mouvement de foule. Tu t'es cru en danger, c'est tout... De toute façon, t'as pas les diamants...

POLICIER 1

Alors monsieur, on a quelque chose à se reprocher ?

MATHIS

Non, je ne sais pas ce qui m'a pris, désolé... je... j'ai pas l'habitude de ce genre de situation...

POLICIER 1, *glacial*

Veuillez ôter vos vêtements ainsi que vos chaussures, monsieur.

MATHIS

Mais...

POLICIER 1, *autoritaire*

Il n'y a pas de mais. Veste.

Bruit de veste qu'on ôte

POLICIER 1

Ceinture.

Bruit de ceinture qu'on déboucle

POLICIER 1

Chaussures.

Bruit de corps qui choit sur le sol. Le policier se précipite.

POLICIER 1

Monsieur ?! Monsieur ?... Oh putain ! Vite appelez une ambulance, il pisse le sang !

VOIX OFF DE MATHIS

Comment ça je pisse le sang ? Et qu'est-ce que je fiche par terre, je ne comprends pas ?

POLICIER 2, *accourant*

Mais qu'est-ce qui s'est passé ?

POLICIER 1

J'en sais rien. Il allait bien. Mais quand il a enlevé sa ceinture... Il s'est mis à saigner abondamment, regarde...

POLICIER 2

Oh putain... attends écarte un peu sa chemise... il a un trou là, sur le côté, regarde !

POLICIER 1

Bah dis donc t'as de bons yeux, on le voit à peine...

POLICIER 2

Faut comprimer en attendant l'ambulance... c'est bon, je le tiens... Putain, le mec s'est fait poignarder dans la cohue... En plein dans l'aorte je parie... Sa ceinture devait faire garrot, et quand il l'a enlevée, il s'est vidé... Pas sûr qu'il tienne le choc... Regarde, il est déjà dans les choux...

POLICIER 1

Monsieur, vous m'entendez ? Qui vous a fait ça ?

VOIX OFF DE MATHIS, *voix faible, élocution difficile et ralentie*

Fait quoi ? C'est quoi cette histoire de trou... pourquoi j'ai froid comme ça ?

POLICIER 1

T'as raison, il va pas tenir jusqu'à l'arrivée des secours... Il est en train de partir...

VOIX OFF DE MATHIS

(apeuré et de plus en plus faible)

Quoi ? Je vais quand même pas mourir ! Pas maintenant, pas comme ça... J'ai pris trop de risques...

POLICIER 2

Je peux pas comprimer plus... Restez avec nous, monsieur...

VOIX OFF DE MATHIS

C'est pas juste... Je voulais simplement une autre vie... j'ai volé des voleurs, c'est pas un crime... pourquoi je suis puni ? Pourquoi moi j'ai pas eu ma chance ?

POLICIER 1

On le perd...

VOIX OFF DE MATHIS, *entrecoupée de sanglots qui faiblit pour devenir inaudible*

Je voulais surtout pas crever dans un endroit aussi sordide, entouré de flics... c'est pas ce dont je rêvais...

POLICIER 1

Monsieur... ça va aller, on est avec vous, on vous lâche pas...

VOIX OFF DE MATHIS, *qui part doucement*

Et dire que c'est la vieille qui a mes diamants, quelle ironie !... Au moins, quand elle les découvrira, elle sera à l'abri du besoin... plus de départ forcé en maison de retraite... et elle se souviendra de moi comme de son bienfaiteur... ça me vaudra bien d'éviter l'enfer, non ?

Silence de mort

POLICIER 1

C'est bon, tu peux arrêter la compression... c'est terminé.

POLICIER 2, *accablé*

C'est pas vrai...

8 EXT. JOUR / GARE DE LYON / QUAI

JUSTINE FEHR

Tatie ! Tatie Lucie !

LA VIEILLE

Oh mon petit, tu es là !

OFFICIER DE POLICE

Vous connaissez cette dame, mademoiselle ?

JUSTINE FEHR

Oui, c'est ma grand-tante. Quand j'ai appris que son train revenait en gare de Lyon, j'ai fait aussi vite que j'ai pu avec les embouteillages !

OFFICIER DE POLICE

Je peux vous parler en privé, mademoiselle ?

Bruits de leurs pas qui s'éloignent un peu

JUSTINE FEHR, *inquiète*

Que se passe-t-il ?

OFFICIER DE POLICE

Nous pensons qu'une personne recherchée par nos services était dans ce train. Il se peut que votre tante lui ait parlé, si j'en crois les témoignages des autres voyageurs, mais elle nous fait un récit assez confus de ce trajet...

JUSTINE FEHR, *ton triste*

Hélas, c'est normal... Ma tante a la maladie d'Alzheimer, on vient de lui diagnostiquer... je ne voulais pas qu'elle fasse ce trajet seule, mais elle a insisté parce que c'est le dernier qu'elle pourra faire en toute autonomie...

OFFICIER DE POLICE

Pourquoi ce voyage ?

JUSTINE FEHR

Elle voulait mettre de l'ordre dans ses affaires...

OFFICIER DE POLICE

Vous pensez qu'elle pourrait se rappeler sa discussion avec le suspect si on fait appel à un psy pour l'interroger ? Toute information est bonne à prendre...

JUSTINE FEHR

Oui, bien sûr... Je peux vous l'amener demain au poste... mais là il faut vraiment qu'elle se repose...

OFFICIER DE POLICE, *soupir*

Bien sûr... de toute façon j'ai ses coordonnées, on vous rappelle demain.

9 EXT. JOUR / VOITURE DE JUSTINE

VOIX OFF DE JUSTINE FEHR

Ma tante Lucie est un repère, pour moi. Un modèle. Elle a toujours fait face à toutes les situations avec une force de caractère impressionnante. Rien ne l'a jamais ébranlée. Jamais. Ni les trahisons des faux amis, ni la faiblesse de ceux qu'elle aime. Elle est là, elle tient bon. Petit bout de femme droite et digne, dans sa robe d'un autre temps, avec son chapeau élimé et ce long pendentif dont elle ne se sépare jamais et qui cogne contre sa poitrine maigre dans un bruit de breloques... Et tandis qu'elle regarde défiler les rues, les vitrines des boutiques de mode, les passants... je me demande à quoi elle pense à l'instant présent ? Que retient-elle de son étonnant voyage ? Que ressent-elle après avoir cheminé auprès de cet homme qui n'existe déjà plus pour elle ?

La voiture s'arrête. Frein à main. Clé qu'on ôte du contact. Portière qui s'ouvre et se ferme. Autre portière qui s'ouvre

JUSTINE FEHR

Nous y voilà !

LA VIEILLE

Nous y voilà ! J'ai ramené les biscuits, du coup...

JUSTINE FEHR

Ça se conserve... Tu as tes clés ?

Bruit de digicode, puis de porte qui s'ouvre

10 INT. JOUR / DEVANT LA PORTE D'UN APPARTEMENT

LA VIEILLE
Oui...

Elle farfouille dans son sac. Bruit de clés

LA VIEILLE
Mais je n'ai pas que ça, regarde !

JUSTINE FEHR, *souriant*
Quel joli petit étui ! Contient-il un trésor, tatie Lucie ?

LA VIEILLE
Va savoir, ma chérie...

Bruit de clés qui fouillent une serrure. Une porte s'ouvre et se referme sur les deux femmes.

11 INT. JOUR / APPARTEMENT DE LUCIE FEHR

LA VIEILLE
Ah ! Enfin seule !

Bruit de lame qu'on sort d'un fourreau métallique

LA VIEILLE

Je n'ai pas eu le temps de nettoyer la lame de mon pendentif, du coup le sang a séché...

JUSTINE FEHR

On va la nettoyer. *(ironique)* Et dire que tu agitais l'arme du crime sous les yeux de ce pauvre policier qui ne s'est douté de rien !

LA VIEILLE

Le secret de la longévité, dans notre métier, c'est la discrétion. Il faut savoir faire profil bas. Plus tu auras l'air inoffensive, plus tu seras redoutable. Regarde, qui se méfierait d'une vieille dame qui semble avoir un peu perdu la boule ?

JUSTINE FEHR, *riant de bon cœur*

C'est certain. Et ce n'est pas Mathis qui dirait le contraire. C'est fou, tout de même, que la lame ne l'ait pas tué tout de suite ! C'est une chance !

LA VIEILLE

Ce qui est fou aussi, c'est qu'il n'a pas fait le lien entre l'histoire que je lui racontais et sa propre trahison. Quel idiot !

JUSTINE FEHR, *piteuse*

Je m'en veux tellement de lui avoir fait confiance...

LA VIEILLE

Je sais... Mais l'important, c'est qu'on ait réglé le problème. Et tu sais le plus drôle dans l'histoire ?

JUSTINE FEHR

Non ?

LA VIEILLE

C'est lui qui m'a rendu les diamants ! Quand il a compris que les flics allaient passer le train au crible, il a dû se dire que les planquer dans mon sac était l'idée du siècle ! Sauf que, lorsque j'ai compris ses intentions, je les lui avais déjà repris en faisant semblant de l'épousseter ! Tu connais mes talents de pickpocket !

JUSTINE FEHR

Comment tu as fait, alors ?

LA VIEILLE

J'ai dû m'en débarrasser et les jeter sous son siège pour qu'il les retrouve et les mette lui-même dans mon sac !

JUSTINE FEHR

Tu aurais pu le laisser paniquer à l'idée de les avoir perdus...

LA VIEILLE

Oui, mais il risquait de faire un esclandre... et les flics auraient fini par fouiller tout le monde ! Et puis... *(éclat de rire)* C'était tellement plus drôle qu'il me les rende lui-même...

JUSTINE FEHR

Tante Lucie, tu es démoniaque !

LA VIEILLE, *ironique*

Je ne m'appelle pas Lucie Fehr pour rien... un biscuit, ma chérie ?

Les deux femmes croquent dans un biscuit. Éclats de rire complices. Bruit d'une cascade de diamants qu'on fait tomber de leur étui

FIN.

UNE MÈRE

Sylvie Granotier

PERSONNAGES

AÏCHA MILLIEZ : *cinquante ans, d'origine algérienne, elle a épousé Raoul Milliez avec qui elle a eu quatre fils. Son mari est mort jeune. Femme de ménage, elle a élevé seule ses enfants qu'elle adore.*

MARTINE FAURE : *petite quarantaine, avocate pénaliste. Elle a défendu les quatre fils Milliez depuis leur adolescence tandis qu'ils passaient de la petite à la grande délinquance. Elle a un lien affectif important avec toute la famille.*

ELVIS MILLIEZ : *trente ans, ancien braqueur, il a décroché et acheté un magasin de téléphonie. Marié, deux enfants.*

FRED MILLIEZ : *vingt-huit ans, petit dealer devenu junkie. Mort.*

STEVE MILLIEZ : *dealer grossiste en cocaïne. Purge une peine de quinze ans en prison.*

KEVIN MILLIEZ : *vingt-deux ans. Il est chauffeur pour des passeurs de drogue.*

La scène se passe dans un parloir de prison. Les sons extérieurs résonnent, portes qui se ferment, grilles qui glissent ou grincent.

Face à face, Aïcha Milliez et Me Martine Faure

MARTINE, *doucement*

Aïcha, vous voulez bien qu'on reprenne toute l'histoire dans le détail ?

AÏCHA, *voix monotone*

Fred avait rendez-vous rue Marcadet à midi. Je savais qu'il serait là. Il y a un bus direct. Je suis descendue du bus. J'avais mis l'arme dans mon cabas. Fred avait le coude sur sa portière ouverte. Il parlait au téléphone, je l'ai appelé, il s'est retourné. Il a dit : « Maman ? » J'ai tiré, il est tombé, voilà.

MARTINE

Vous avez vidé le chargeur, Aïcha, pas juste tiré.

AÏCHA

J'étais en colère.

MARTINE

Vous étiez calme. Vous avez parlé à votre voisin du quatrième, vous avez parlé avec le chauffeur du bus, vous n'étiez pas énervée.

Silence

MARTINE

À 18 heures, rue Marcadet, il y a du monde. Vous saviez que plein de gens allaient vous voir...

AÏCHA, *avec évidence*

C'est pas grave les témoins, je ne voulais pas m'enfuir.

MARTINE

Vous avez attendu la police...

AÏCHA

Pas longtemps. Ils sont arrivés vite.

MARTINE

Vous étiez prête à attendre longtemps.

AÏCHA

Le temps qu'il fallait.

MARTINE

Et l'arme ?

AÏCHA

Je l'ai remise dans le cabas... Pour que personne y touche.

MARTINE

Et d'où elle venait l'arme ?

AÏCHA

De la chasse d'eau des toilettes.

MARTINE

Et à qui elle appartient ?

AÏCHA

Ça, je ne sais pas, j'avais vu qu'elle y était, c'est tout.

MARTINE

Elle était à un des garçons, forcément.

AÏCHA

Ils n'y sont pour rien, mes fils. Aucun. Ils n'ont jamais tiré sur personne, mes fils. Les armes, c'est pas leur truc.

MARTINE

Et le chargeur était dedans ?

AÏCHA

Oui, ça, c'était la chance. Mais mes fils, ils savaient rien, j'ai tout fait toute seule. Ils m'auraient empêchée.

On entend un froissement de feuilles, un dossier qu'on referme.

MARTINE

Vous savez depuis combien de temps on se connaît, Aïcha ? *(un temps)* Quinze ans. Elvis, son premier braquage, il était encore mineur.

AÏCHA, *véhémente*

Elvis, il a son magasin de téléphonie, c'est fini les bêtises.

MARTINE

Les bêtises, vous êtes gentille, Aïcha ! Braquage à main armée, violence, recel, récidive...

AÏCHA

C'était pas facile.

MARTINE

Je sais, Aïcha, la vie n'était pas facile, quatre fils, pas de père, des ménages toute la journée. Moi, je les aime bien, vos gamins, je les ai tous défendus, je sais que ce ne sont pas des méchants, mais vous, ce n'est pas que vous n'êtes pas méchante mais vous êtes une vraie gentille, toujours à aider les autres et vos fils... vos fils, vous leur avez toujours tout pardonné, vous ne les avez jamais laissés tomber, trop indulgente même.

AÏCHA

C'était pas facile.

MARTINE

Vous voyez où je veux en venir, Aïcha ? Vos fils, c'est toute votre vie. C'est insensé que vous ayez pu délibérément tuer l'un d'eux.

AÏCHA

Mais je l'ai fait. Plein de gens, ils m'ont vue.

MARTINE

Oui, beaucoup de témoins. C'est ça le problème, vous vouliez qu'on vous voie, on dirait.

AÏCHA

Non, non, ça s'est trouvé comme ça.

MARTINE

Fred, vous pouviez le rencontrer quand vous voulez, ça s'est trouvé comme ça que vous avez choisi de le tuer à 18 heures rue Marcadet, de prendre le bus et tout... ?

Silence

MARTINE

Admettons. Qu'est-ce qui vous avait mise tellement en colère ?

AÏCHA

C'est à cause de Kevin.

MARTINE

Fred était violent avec son frère, c'est ça ? Pourquoi ? Il était jaloux, vous croyez ?... Je veux dire, parce que Kevin, c'est le petit dernier. Même moi, j'avais remarqué que vous le couviez, le Kevin. C'est un peu le chouchou.

AÏCHA

Il est plus fragile !

MARTINE

Aïcha !

AÏCHA

Non, c'est vrai. Il a toujours été maigre, délicat, quoi.

MARTINE

Aïcha, Kevin, c'est le roi du go-fast, il s'est fait serrer trois fois, il n'a pas moufté, il travaille pour une bande de durs, c'est un gros dur, Kevin, il n'est pas fragile !

AÏCHA, *avec difficulté*

Non, mais vous savez...

MARTINE

Ah, vous voulez dire parce qu'il est toujours en costard, sapé comme un prince et Fred, le contraire, un peu... brut de décoffrage. Ça va, on est entre nous, vous l'avez même dit aux flics, direct, que Fred traitait son frère de pédé.

AÏCHA, *soulagée*

Voilà.

MARTINE

Et Kevin, il se laissait traiter, ça m'étonne de lui.

AÏCHA

Non, mais justement, ce jour-là, ils se sont battus et Fred, il était plus costaud...

MARTINE

C'était la première fois ?

AÏCHA

Non, non, même petits, Fred, il aurait voulu que Kevin l'admire mais Kevin, son modèle, c'était Elvis. Alors, quand j'étais pas là, il lui mettait des baffes et Kevin, vous connaissez Kevin, il ne se plaignait jamais, à personne. Moi, je lui ai parlé à Fred, à en perdre la salive mais il ne voulait pas entendre, il ne voulait pas que je me mêle de leurs histoires. *(fièrement)* Vous savez comment ils sont avec moi, mes fils. Et là, je l'ai entendu dire à Kevin : « Tu te crois supérieur mais je vais te buter comme ça t'arrêteras de te la péter ! »

MARTINE

C'est des mots, ça, rien que des mots.

AÏCHA

Des mots avec la mort au bout.

MARTINE

Donc, vous avez tué votre fils pour qu'il ne devienne pas un assassin, quelque chose comme ça ?

AÏCHA

Quelque chose comme ça. Voilà.

MARTINE

Ou plutôt, vous avez tué un fils pour que l'autre vive.

AÏCHA

Plutôt comme vous avez dit d'abord, pour que Fred ne devient pas un assassin.

MARTINE

Vous vous moquez de moi, madame Milliez ?

AÏCHA

Jamais, maître. J'ai toujours dit à mes fils, Maître Faure, il faut lui faire confiance, tout comme elle dit. Même à Steve, même qu'il est en prison, je sais que ce n'est pas de votre faute.

MARTINE

Flagrant délit avec dix kilos, effectivement, c'est plutôt sa faute à lui. À part Elvis, pardon, mais vos fils ne sont pas toujours très malins.

AÏCHA

Elvis, il est très intelligent. Il a repris des études, il vous a dit ?

MARTINE

Non, mais ça me fait plaisir. *(un temps)* Je vous connais, Aïcha, vous êtes en train de noyer le poisson. On en revient au début : vous tuez Fred pour ne pas qu'il tue Kevin. Vous qui ne vous mêlez jamais des affaires de vos fils, là, vous décidez de prendre les choses en main.

AÏCHA

Parce que là, c'est pas les affaires, c'est la famille.

MARTINE

Vous savez pourquoi je n'ai pas obtenu votre remise en liberté ? Parce que le juge d'instruction, il ne vous croit pas. Alors, il ne peut pas être sûr qu'une fois dehors, vous n'allez pas recommencer.

AÏCHA

Bien sûr que j'ai pas de raison de recommencer.

MARTINE

Le problème, c'est que, moi non plus je ne vous crois pas.

AÏCHA

Ben, c'est vous qui voyez.

MARTINE

Non, Aïcha, justement, c'est pas moi qui vois. Moi, je veux vous défendre et bien vous défendre. Et pour ça, j'ai besoin de la vérité. Si vous me mentez, je ne serai pas efficace. C'est compliqué à comprendre ?

AÏCHA

Non, mais moi, je peux pas dire autrement que ça serait faux.

MARTINE

Vous êtes comme Elvis, intelligente. Vous avez tout préparé, tout décidé par avance. Vous avez agi de sang-froid.

AÏCHA

De sang chaud, j'ai agi. Le sang bouillait dans mes veines.

MARTINE

On a beaucoup de témoins qui vous ont entendue dire à vos fils que, s'ils touchaient à la drogue, vous les tueriez. Moi-même, je vous ai entendue.

AÏCHA

C'est vrai et mes fils, jamais ils ont touché à la drogue.

MARTINE, *tranquillement*

Sauf Fred.

AÏCHA

Jamais il n'a touché à cette merde, jamais.

MARTINE, *ton d'affectueux reproche*

Aïcha !

AÏCHA

Jamais !

MARTINE

Fred, il avait les bras troués comme des passoires.

AÏCHA

Peut-être il en vendait quelquefois de la drogue mais en prendre, jamais, ils n'ont pas été élevés comme ça.

MARTINE

Admettons. Après avoir tiré... au fait, qui vous a appris à tirer ?

AÏCHA

Personne. C'est pas très compliqué.

MARTINE

Bras droit tendu, bras gauche en soutien, jambes écartées, c'est une pose de pro, ça.

AÏCHA

Oui, bon, vous ne le direz pas si je vous le dis ? *(un temps)* Ils m'ont appris. C'est vrai. Pour que je puisse me défendre si, un jour, il y avait un... un problème.

MARTINE

Il y a déjà eu des perquisitions chez vous, la police n'a pas regardé dans le réservoir des toilettes ?

AÏCHA

Il n'était pas là depuis longtemps, le revolver.

MARTINE

Depuis quand ?

AÏCHA, *archivague*

Je ne sais pas moi, un mois, peut-être.

MARTINE

Lequel se l'est procuré ? Pas Steve puisqu'il est en prison.

AÏCHA, *sur le même ton que Martine*

Pas Elvis, ça, ça ne risque pas. Et Kevin, il ne touche pas aux armes.

MARTINE, *un peu énervée*

Ce qui nous laisse Fred, qui n'est plus en mesure de confirmer. Et pourquoi il a eu ce soudain besoin d'une arme, Fred ?

AÏCHA

Il avait peur.

MARTINE

Pour lui ou pour vous ?

AÏCHA

Je ne sais pas. Des fois, il dormait à la maison.

MARTINE

Comme Kevin ! Il est bien domicilié chez vous, Kevin ?

AÏCHA

Oui.

MARTINE

Et malgré les problèmes entre eux, ils se retrouvaient au même endroit.

AÏCHA

Chez leur maman, oui.

MARTINE

Vous ne sentez pas une petite contradiction, là ? Ça ne vous inquiétait pas ? Vous travaillez toute la journée et vous faites toujours le ménage à la Procip, le soir ? Oui, donc, vous n'étiez jamais là et pourtant vous les laissez face à face tous les deux ?

AÏCHA

Oui, oui, mais Fred m'avait promis...

MARTINE

On les connaît les promesses de Fred !

AÏCHA

Justement, quand j'ai vu Kevin avec le visage comme un ballon de foot, jaune et violet, plus qu'il boitait... Je me suis dit que Fred, il avait le diable. *(avec bon sens)* Qu'il ait habité chez moi ou pas, ça ne changeait rien. La preuve, il ne dormait plus chez moi les derniers temps.

MARTINE

Et vous n'avez pas vu d'autre solution que de le tuer ?

AÏCHA

C'est ça !

MARTINE

C'est ça ! Vous nous prenez tous pour des imbéciles. Il est chez vous, Kevin en ce moment ?

AÏCHA

Non, il est au Maroc.

MARTINE

On a besoin de lui, là, le juge d'instruction va le convoquer.

AÏCHA

Non, non, il rentre demain, il sera là, inch'allah. Mais là, il avait promis, il était obligé, juste l'aller et retour.

MARTINE

Et c'est vrai que vous avez refusé qu'ils viennent vous voir en prison ?

AÏCHA, *fermée*

C'est pas un endroit pour voir sa mère.

MARTINE

Vous savez que vous êtes incroyable, Aïcha !

AÏCHA

C'est pour ça, vous me croyez pas.

MARTINE

Oh, mais je n'ai pas dit mon dernier mot. Ah oui, une question que je me pose. Il n'a jamais eu de problèmes, Elvis ?

AÏCHA, *outrée*

Des problèmes pourquoi ?

MARTINE

C'est pas toujours facile de rompre avec son milieu, je veux dire, les anciens collègues, ils ne voient pas toujours ça d'un très bon œil.

AÏCHA

Il est très intelligent, il a su faire. C'est pour ça, il doit rester en dehors de tout. Il ne faut pas le mêler à ça. Lui, il est sauvé.

Changement de décor, une autre prison, des bruits semblables et la voix de l'avocate

MARTINE

Maître Martine Faure. Pour Steve Milliez.

Des pas qui se rapprochent d'un autre parloir, une porte qui se ferme

STEVE

Bonjour, maître.

MARTINE

Ça va, Steve ?

STEVE

On fait aller.

MARTINE

Le gardien m'a dit qu'il y avait eu un suicide hier.

STEVE, *baissant la voix*

Règlement de comptes, c'était une balance. Il a ses deux frères en taule, je donne pas cher de leur peau.

MARTINE

Parce que eux aussi...

STEVE

Non, mais ils n'ont pas fait le ménage. Enfin, c'est pas mes oignons. Vous avez vu maman ? Elle a reçu mes lettres ?

MARTINE

Oui, oui. Elle va aussi bien que possible, vu les circonstances, mais, votre mère... quand elle a décidé de baisser le rideau...

STEVE

Une vraie tête de mule, je sais. Vous allez réussir à la sortir de là ?

MARTINE

Elle ne coopère pas des masses.

STEVE

Je ne comprends pas, elle a tout avoué.

MARTINE

Elle aurait eu du mal à nier les faits. Vous ne trouvez pas ça dingue, vous ? C'était quoi le problème avec Fred ?

STEVE

Qu'est-ce qui n'était pas un problème avec Fred, vous voulez dire. L'héro, ça bousille vraiment tout, le corps, le cœur, le courage...

MARTINE

Euh, c'était quoi dans les grands sacs noirs sous le double fond de ta bagnole, Steve ?

STEVE, *parlant bas*

De la coke, c'était de la coke. Et l'héro, j'en ai jamais vendu dans le quartier...

MARTINE

Ah oui, parce que toi, tu tries les consommateurs, c'est ça ?

STEVE

Non, mais enfin, vous comprenez ce que je veux dire... Fred, non seulement il vendait dans le quartier mais, un jour, il s'en est gardé, histoire d'essayer. Putain, il suffit de voir leurs gueules aux junkies. Qui a envie de ressembler à ça ? Non, maman, elle a fait qu'anticiper l'inévitable. L'overdose, ou le règlement de comptes. Il la coupait, à la fin, il y avait plus de talc que de dope dans ses doses, il trichait sur tout, il respectait plus rien...

MARTINE

Et l'histoire avec Kevin ?

STEVE

J'ai pas compris. Franchement, rien compris, ils s'évitaient comme la peste mais ce jour-là, manque de bol... Maman était au supermarché, c'était l'après-midi, genre 15 heures, Fred dormait, Kevin est passé en coup de vent, apparemment, il a réveillé Fred qui a jamais eu le réveil facile mais là... le ton a monté et...

MARTINE

Kevin était capable de se défendre, faut arrêter, là...

STEVE

Ce qu'il m'a dit, Kevin, c'est qu'il avait craché ses quatre vérités au frangin et il allait sortir de la chambre quand Fred l'a assommé avec sa batte de base-ball, il dort toujours avec et après il lui a balancé des grands coups de latte et puis il est parti en marmonnant des menaces et Kevin était en train de se nettoyer quand la daronne est rentrée. C'est même pas la peine d'essayer de lui mentir à elle, elle a comme un septième sens. Peut-être même un huitième. Enfin, elle en a plus que tout le monde.

Il rigole. Tout seul.

MARTINE

À propos de mensonges, elle savait vraiment pas pour Fred et la dope ?

STEVE

C'est ce qu'elle vous a dit ? Bon, ça, c'est le seul truc, quand maman décide de ne pas voir, elle voit pas. Point.

MARTINE

Peut-être qu'un jour elle a été obligée de voir... elle a toujours dit qu'elle tuerait le premier qui prendrait de la dope.

STEVE

C'est ce qu'elle dit ? Qu'elle l'a tué pour ça ? Non, elle l'aurait attaché sur son lit et elle l'aurait sevré, un fusil à la main si nécessaire...

MARTINE

Mais enfin, Steve, comment elle aurait pu ne pas savoir...

STEVE

Il n'était pas fou le Fred, il appelait notre mère mais ça faisait des mois qu'il n'était pas passé la voir. Vous savez les junkies... il avait honte mais il n'avait aucune envie d'arrêter. La dope, ça vous enlève la moralité aussi. Martine, il ne faut pas qu'elle aille en taule, elle ne survivra pas.

MARTINE

Elle y est là et elle survit. Je crois que vous sous-estimez tous votre mère. C'est une coriace. Mais avec moi, elle a tort de jouer les dures à cuire et, si elle continue comme ça... Je vais avoir du mal à gagner la partie. Faut lui dire quand tu lui écris, faut la convaincre. Sans elle, je n'y arriverai pas.

STEVE

Moi, elle ne m'écoutera pas. Le seul qu'elle écouterait, c'est Elvis.

MARTINE

C'est toi qui as planqué l'arme dans les toilettes ?

STEVE

Chez maman ? Jamais ! Pourquoi j'aurais fait ça ?

MARTINE

Je ne sais pas, moi, pour qu'elle puisse se défendre.

STEVE

Ça pouvait que la foutre dans la merde. Jamais.

MARTINE

Alors qui ? Kevin ? Non ? Fred ? Oui, bon, on en revient toujours à Fred. Et si elle voulait s'en procurer une toute seule, elle saurait à qui s'adresser ?

STEVE

Avec Aïcha, tout est possible. Vous la connaissez.

MARTINE

Justement. Ça ne colle pas. Tu n'as pas un indice, une idée, sur pourquoi...

STEVE

Non, mais elle avait forcément une bonne raison.

MARTINE

Steve !

STEVE

Fred, c'était plus Fred, c'était plus notre frère, alors peut-être que ce n'était plus son fils.

MARTINE

Tu m'aides beaucoup, là !

STEVE

Il faut que vous la sauviez, maître. On compte tous sur vous.

MARTINE, *bougonne*

Oui, oui, c'est ça.

On est dans le magasin de téléphonie d'Elvis. Dans l'arrière-boutique. Régulièrement, la petite sonnette de la porte du magasin retentit et un employé prend en charge le client. Ça fait comme une rumeur lointaine, la porte qui sépare les deux lieux est entrebâillée.

ELVIS

Je l'ai appelée, je lui ai écrit, je le lui ai dit cent fois, comme elle nous l'avait dit cent fois : « Écoute Martine, elle sait ce qu'elle fait, fais-lui confiance. » Vous la connaissez, c'est du béton armé, la daronne. Quand papa est mort, pas une larme, rien. Elle a serré les dents, elle s'est mise au boulot, on n'a jamais manqué de rien, la Game Boy comme les copains, les Nike, tout, quoi... Alors que dedans, elle était fracassée.

MARTINE

Et Kevin, vous l'avez vu depuis ? Il dit quoi ?

ELVIS

Il dit comme elle.

MARTINE

Et vous y croyez à leur histoire ?

ELVIS

Honnêtement, je ne sais pas quoi penser. Mais comptez sur moi, je ferai comme vous me direz, je témoigne, je dis ce que vous voulez, je mens, vous écrivez le film, je le tourne, je m'en fous, moi. Il faut la tirer d'affaire.

MARTINE

Non, non, là, je suis d'accord avec votre mère, mieux vaut vous laisser en dehors. De toute façon, vous n'avez rien à faire dans cette histoire. Hein ?

ELVIS

Non, rien.

MARTINE

Et comme vous devriez le savoir depuis le temps, le mensonge, c'est la pire des défenses. Un mobile, un mobile qui tienne la route, vous n'avez pas une idée...

ELVIS

Simplement que Fred a dû faire un truc qui l'a rendue dingue, la daronne. C'est un acte de folie.

MARTINE

Alors, il faut la faire interner parce qu'elle persiste et signe.

Soupir conjoint et bruyant des deux

Toc toc à une porte en bois. Elle s'ouvre, reste bloquée par une chaîne.

MARTINE, *voix endormie*
Kevin ? Qu'est-ce que vous faites là ?

KEVIN
Pardon, maître, mais on m'a dit qu'il y avait le feu au lac et comme le retour a été un peu chaud...

MARTINE
Vous vous êtes dit, autant aller voir mon avocate chez elle, comme ça si je me fais serrer, elle sera sur place...

KEVIN, *petit rire*
C'est que je dois repartir cette nuit...

MARTINE, *en débloquant la porte*
Putain, vous faites chier, les Milliez !

On est dans un salon, atmosphère calfeutrée, les deux parlent bas. Un murmure et puis, Martine se lève et fait les cent pas.

MARTINE
Mais enfin, Kevin, Fred, il ne faisait pas le poids ! Qu'il t'ait foutu des trempes quand tu étais petit, je veux bien, mais aujourd'hui, il n'aurait jamais osé s'en prendre à toi.

KEVIN

C'est un peu de ma faute aussi, j'étais super véner, je l'ai provoqué un chouïa quand même. Il était là en train de ronfler, en plein après-midi, il foutait toute la famille dans la merde, et il dormait comme un connard. Je l'ai secoué, j'avais la rage. Ça faisait une semaine que la rumeur circulait comme quoi il s'était mis en ménage avec les flics. À cause des Chinois... Un jour, ils se sont mis à tomber comme des mouches. En flag à chaque fois et Fred bossait pour eux. Ils ont fini par additionner deux plus deux. Naze comme il était, Fred a dû se faire pécho par la flicaille et s'arranger avec eux. Tout plutôt que la taule et le sevrage obligé. C'est ça un junkie, ça voit pas plus loin que le bout de son aiguille. Sauf qu'il faut être balèze pour jouer double jeu sans se trahir, il n'était pas balèze, le pauvre Fred. Et les Chinois allaient le descendre.

MARTINE

Je ne comprends toujours pas.

KEVIN

Mais dans ce cas-là, on était tous marron, parce que la famille d'une balance, elle est contaminée. Sauf si elle lui règle son compte...

MARTINE

Alors c'est pour ça que votre mère...

KEVIN

Mais non, elle n'était pas au courant, comment elle aurait pu. Non, celui qui était en première ligne, c'était

Elvis, parce que c'est l'aîné. Et il allait finir par l'apprendre et c'aurait été son devoir de tuer Fred et il l'aurait fait parce qu'il est comme ça, Elvis. C'est une question d'honneur. Et même si je l'avais fait à sa place, si j'avais personnellement réglé son compte à Fred, on n'était même pas sûrs de s'en sortir. C'est toutes nos vies que Fred avait foutues en l'air. C'est pour ça qu'il s'est déchaîné sur moi. Il avait la honte à crever. Il a hurlé : « Tu te crois supérieur mais je vais te buter comme ça t'arrêteras de te la péter ! » Il m'a pris par surprise, dans le dos et après, comme j'étais par terre, dans la semoule et tout, il en a profité. Plus effrayant à regarder qu'autre chose... Il était incapable de me tuer, il sortait sa rage et son dégoût de lui-même, c'est tout. Et c'est parce qu'il est parti vite qu'il a oublié son revolver. Il le laissait jamais quand il n'était pas là. C'est ironique, non ? C'est lui qui a fourni l'arme de son meurtre. Je devais quand même être impressionnant à voir parce que la daronne, quand elle est entrée dans la salle de bains, elle était blême.

MARTINE, *réfléchissant*

Vous êtes sûr qu'elle ne vous a pas entendus, qu'elle n'a pas assisté à la scène ?

KEVIN

Certain. J'ai entendu la porte de l'appart, elle a un trousseau de clés qui fait plein de bruit. Pour le procès, je serai là, vous pouvez compter sur moi. Enfin voilà, si vous n'avez pas d'autre question, il faut que je trace.

MARTINE, *songeuse*

Non, non, ça va aller, merci. Faites attention à vous, Kevin.

KEVIN

Sans problème.

Retour au premier décor

MARTINE

Je résume : Vous êtes rentrée chez vous avec vos courses, Kevin était en train de se nettoyer. Vous avez tout de suite dit : C'est Fred ? Il a été incapable de vous mentir et vous avez décidé d'en finir. Kevin est parti, vous saviez que Fred serait rue Marcadet à 18 heures Coup de bol, il avait oublié son revolver. Au fait, Kevin vous a raconté pourquoi ils s'étaient disputés ?

AÏCHA

Bien sûr. Il avait engueulé Fred parce qu'il dormait pendant l'après-midi et qu'il m'avait laissée faire les courses toute seule au lieu de m'aider. Ça, c'est Kevin, tout craché, un gentleman.

MARTINE

Et la phrase ?

AÏCHA

Quelle phrase ?

MARTINE

« Tu te crois supérieur mais je vais te buter comme ça t'arrêteras de te la péter. »

AÏCHA

Ah oui, c'est Kevin qui me l'a dit...

MARTINE

Rien du tout. Il fallait me faire confiance, Aïcha, pas me mentir. Je jette l'éponge, débrouillez-vous pour trouver un autre avocat !

Martine marche jusqu'à la porte.

AÏCHA

Bon, c'est vrai, j'avais entendu dire des trucs, je voulais savoir, alors je suis rentrée sans faire de bruit et j'ai écouté. La dispute et tout.

MARTINE, *revenant s'asseoir*

Ah, quand même !

Ça a dû aller vite dans votre tête pour arriver à comprendre qu'il n'y avait qu'une solution : en tuer un pour sauver les trois autres. Et pas n'importe comment, publiquement, en déchargeant l'arme, pour bien montrer que c'était un règlement de comptes. Une mère, c'est encore plus fort qu'un frère aîné. On aurait gagné du temps si vous ne m'aviez pas prise pour une bille.

Elle soupire.

Aïcha, Aïcha, Aïcha...

Ambiance tribunal. Aïcha est amenée par les gendarmes et s'assied à côté de son avocate.

MARTINE

Bon, je résume, Kevin va venir témoigner, Elvis aussi. Fred a toujours maltraité son frère, personne ne savait plus quoi faire, vous étiez à bout de nerfs et d'angoisse. C'est pour ça que vous avez déchargé l'arme, pour en finir, comme un automate, sans plus savoir ce que vous faisiez. J'ai un paquet de témoins, qui vont dire la femme au grand cœur que vous êtes, tout le monde va pleurer. Et vous aussi. Faites un effort. Parce que moi, je vais faire la plaidoirie la plus mensongère de ma carrière. Alors ?

AÏCHA

Pas de souci, maître. J'ai toujours eu confiance en vous.

LA MARIÉE ROUGE

Elsa Marpeau

PERSONNAGES

HÉLOÏSE : *vingt-deux ans, vive et enjouée, alternant la gaieté et des instants furtifs de mélancolie.*

AURÉLIEN : *trente-cinq ans, voix profonde et grave, parfois inquiétante, séduisante toujours.*

JOSEPH : *cinquante-cinq ans, un homme simple, perdu.*

MYLÈNE : *quarante ans, une femme moderne, à la voix rauque et cassée de fêtarde.*

MARIE : *trente-cinq ans, voix calme et claire.*

On ouvre sur des bruits de pas. Quelqu'un qui court dans les bois. Halètements. Brindilles brisées.

Et soudain, le bruit de plusieurs coups (une pierre contre de la chair). Un cri étouffé

« Au cœur des marais, une mariée à la robe blanche maculée de boue regarde avec stupeur ses mains couvertes de sang. »

Un long hurlement de femme

Bruit assourdissant des grillons. Des voix étouffées

Scène 1

Trois mois plus tôt...

Héloïse regarde le village derrière sa fenêtre. Une agitation anormale. C'est l'arrivée du nouveau médecin.

Il paraît qu'il s'appelle Aurélien. Aurélien Magnant. Il vient de la ville. Héloïse a vingt et un ans et rêve de s'évader de la campagne plate et pluvieuse de Loire-Atlantique.

Elle ouvre la fenêtre.

Les bruits sont maintenant clairs, nets. Des voix, des saluts. Une voiture qui repart. Ambiance village

HÉLOÏSE

Hé ho ? Vous venez d'arriver ?

Aurélien relève la tête.

Il est jeune, et beau. Il lui lance un long regard pénétrant.

AURÉLIEN

Hé, bonjour. Comment tu t'appelles ?

HÉLOÏSE

Héloïse !

AURÉLIEN

Un nom d'amoureuse...

Rire d'Héloïse

HÉLOÏSE

Vous voulez venir avec moi vous promener dans les marais ? J'ai une barque ! En cette saison, l'eau sera couverte de nénuphars.

On entend une fenêtre qui se referme.

Scène 2

Bruits de branches et d'ailes. Un canard qui s'envole

Clapotis des rames, battant l'eau lourde à un rythme lent. Des chants d'oiseau

AURÉLIEN

Je me suis installé ici un peu par hasard ; le médecin du village est mort, il y avait une place à prendre. Et toi, qu'est-ce que tu veux faire, plus tard ? Ce n'est pas un endroit pour une fille comme toi, ici.

HÉLOÏSE, *d'un ton léger*

Mon père a peur de tout. La ville, pour lui, c'est pire que Sodome et Gomorrhe. Il a peur que je me perde. Il a toujours peur pour moi.

AURÉLIEN

Peur de quoi ?

HÉLOÏSE

Des hommes. Quoi d'autre ?

AURÉLIEN

Quoi, les hommes ? Il ne veut pas que tu te cloîtres, quand même !

HÉLOÏSE

Il veut que je reste avec lui. Pour toujours. Mais dès que je pourrai, je partirai. J'étouffe ici.

AURÉLIEN

J'ai besoin d'une secrétaire, au cabinet. Tu veux essayer ? Ça te ferait une sortie.

HÉLOÏSE

Papa ne voudra jamais.

AURÉLIEN

Ton père ne peut pas te retenir, tu es majeure ! Il ne peut quand même pas t'empêcher de travailler ?

HÉLOÏSE

Il ne supporte pas que je parle à d'autres hommes que lui. Il a peur qu'il m'arrive quelque chose. Oh, regarde cette fleur de nénuphar, comme elle est belle !

Aurélien lui coupe la fleur de nénuphar.

Bruit d'une tige coupée. Un clapotis

Scène 3

Le repas du soir. Bruit des couverts contre des assiettes

JOSEPH

Où t'étais ?

HÉLOÏSE

Nulle part, papa...

JOSEPH

Où ça : nulle part ?

HÉLOÏSE

Ici et là, près des marais...

JOSEPH

J'espère que tu fais pas de bêtises.

HÉLOÏSE

Justement, j'ai rencontré un très beau mâle aujourd'hui. Brun, belle prestance... (*la gaieté affleurant*)... long poil dru. Un sanglier...

JOSEPH

Ça ne me fait pas rire.

HÉLOÏSE

Tu as tort, papa. Demain, dans dix ans, dans cinquante ans, on sera tous morts. Alors autant rire un peu.

Le silence retombe. Bruit des fourchettes

HÉLOÏSE

Je voudrais travailler.

JOSEPH

Faire quoi ?

HÉLOÏSE

Il y a ce nouveau médecin. Il cherche une secrétaire.

JOSEPH

Hors de question.

Bruit d'une assiette qu'on repousse brutalement. D'une chaise qu'on écarte. De la porte qui claque... et de la cuillère du père, resté seul à dîner

Scène 4

Dans sa chambre, Héloïse regarde la fleur de nénuphar qu'Aurélien lui a offerte. Elle ne s'apitoie pas longtemps, Héloïse a toujours eu de la ressource. Elle appelle Mylène, sa marraine, la jeune sœur de sa mère, qui vit à Nantes. Elle y mène une existence joyeuse et libre, sans entraves.

Des touches de téléphone, une sonnerie

HÉLOÏSE

J'ai trouvé un travail et papa refuse que j'y aille.

MYLÈNE

Comment il peut t'en empêcher ? De force ?

HÉLOÏSE

Oui.

MYLÈNE

Bon, je vais lui en parler. Joseph adorait ta mère, il ne pourra rien refuser à sa sœur !

Scène 5

On frappe à une porte.

JOSEPH

Entre.

HÉLOÏSE

Tu voulais me parler ?

JOSEPH

J'ai eu ta marraine au téléphone. Pour le travail, c'est d'accord. Mais attention, pas de bêtises !

Scène 6

Ivre de joie, Héloïse s'empresse de rejoindre Aurélien. Elle serre la fleur contre elle. Mais devant le cabinet du médecin règne un remue-ménage effrayant.

Des déménageurs, une voiture qui freine. Des gens qui parlent fort

AURÉLIEN

Excuse-moi, ma fiancée vient juste d'arriver ! Reviens demain.

Malgré sa déception, Héloïse prend ses fonctions auprès d'Aurélien, qu'elle voit ainsi tous les jours. Ils apprennent à se connaître mieux.

Un jour qu'ils se tiennent devant la porte, ils sont interrompus par l'arrivée de Luce, une camarade d'Héloïse. Elle rentre de Rennes, où elle fait ses études de lettres. Elle est venue rendre visite à sa mère.

AURÉLIEN

Et toi, Héloïse, pourquoi tu n'as pas quitté le village, comme ton amie ?

HÉLOÏSE, *peinée*

Je l'ai fait. Je suis partie deux ans. À Rennes. J'ai commencé des études de médecine. Puis, maman est morte et je suis rentrée m'occuper de papa.

AURÉLIEN

Je suis désolé...

Scène 6

Un jour, alors qu'elle travaille pour lui depuis deux semaines, Héloïse entend Aurélien se disputer avec sa fiancée.

Des bruits de voix étouffées : une dispute. Une assiette cassée

AURÉLIEN

Tu as regardé mes textos ?

MARIE

Ça n'arrêtait pas de sonner. J'ai eu peur que ce soit une urgence.

AURÉLIEN

Bien sûr...

MARIE

Qui est cette fille ?

AURÉLIEN

Personne. Je te jure qu'il ne s'est rien passé !

MARIE

Tu dis toujours ça.

AURÉLIEN

Je suis fatigué de ta jalousie.

MARIE

Moi, je suis fatiguée de tes infidélités.

Scène 7

Bruit des mouettes. Un port
Héloïse va passer une semaine à Nantes avec sa tante Mylène...

HÉLOÏSE

Je m'en veux, tu sais, il est marié... mais on n'y peut rien, c'est comme un aimant...

Mylène rit.

MYLÈNE

Ce toubib semble drôlement accroché à toi ! Attention aux ragots ! C'est petit, le village.

HÉLOÏSE

C'est clair. Si papa apprend qu'il se passe quelque chose, il va me tuer.

MYLÈNE

Il faudra bien qu'il accepte que tu aies quelqu'un dans ta vie.

HÉLOÏSE

On peut toujours rêver...

MYLÈNE

Et ce médecin... Tu es sûre qu'il va quitter sa fiancée ? Ces types de quarante ans, ils promettent des choses, puis finalement ils restent avec leurs femmes. Et je sais de quoi je parle.

HÉLOÏSE

Il a trente-cinq ans. Et oui, je suis sûre de lui.

MYLÈNE

Fais attention. Ne va pas te brûler les ailes.

HÉLOÏSE

Ne t'inquiète pas pour moi.

Le soir même, Héloïse reçoit chez sa tante une lettre au papier bleu pâle.

Papier froissé, une lettre qu'on retire d'une enveloppe

HÉLOÏSE, *lisant*

« Ma chère Héloïse, ton absence a creusé un trou. Je m'y enfonce chaque jour davantage. Le monde est devenu silencieux. Les marais t'attendent. Reviens, Héloïse. Je t'aime à en crever. Aurélien. »

Les roulements d'un train
Des chants d'oiseau

Scène 8

De retour au village, Héloïse s'enferme dans sa chambre. Elle cesse d'aller travailler ; elle doit faire le point. Que faire ? Doit-elle risquer de vivre cette histoire, sous peine d'avoir le cœur brisé, ou doit-elle fuir Aurélien ?

Une sonnerie de téléphone

AURÉLIEN

Comment tu vas ? Qu'est-ce qui se passe ? Pourquoi tu ne viens plus au cabinet ? C'est ton père ? Reviens, Héloïse. C'est mort sans toi.

HÉLOÏSE

J'arrive !

Des pas. Une respiration hachée

Un coup de sonnette. Le second. Un deuxième coup de sonnette. Toujours rien

Des bruits de pas

Sonnette (différente). Une porte qu'on ouvre

HÉLOÏSE

Bonsoir, Marie. Désolée de vous déranger.

MARIE, *mauvaise*

Tu cherches Aurélien ? Il n'est pas encore rentré. Pour te dire la vérité, je croyais que vous étiez ensemble...

HÉLOÏSE

Non, j'étais chez moi.

MARIE

Toi ou une autre, quelle importance...

Une porte claquée

Scène 9

Des cris.

VILLAGEOIS

On a retrouvé un corps près des marais ! La petite Luce ! Elle avait un couteau planté dans la poitrine !

Bruit d'une lame. Un sanglot étouffé
Héloïse se met à hurler.

Scène 10

AURÉLIEN

Je ne comprends pas, Héloïse... Tu trouves que je ne te traite pas bien ? Tu veux une augmentation ?

HÉLOÏSE

C'est pas ça. Ça n'a rien à voir avec toi. C'est mon père... Il veut que je démissionne.

AURÉLIEN

Mais... pourquoi ?

Un temps. Elle hésite à répondre.

HÉLOÏSE

Il croit que tu as tué Luce.

AURÉLIEN

Quoi ? Mais c'est de la folie ! Je ne suis pas un assassin.

HÉLOÏSE

Ne t'inquiète pas, les soupçons se tasseront d'eux-mêmes. Et nous, on se verra autrement. En secret.

AURÉLIEN
Tu n'as pas peur de moi, quand même ?

HÉLOÏSE
Non, je n'ai jamais peur.

Scène 11

Clapotis d'une barque sur l'eau

Héloïse reçoit des lettres au papier bleu. Elles ne sont plus postées chez elle pour ne pas éveiller les soupçons, mais dissimulées dans la barque. Les appels ne se font plus que sur portable. Certains jours, Aurélien la rejoint dans les marais pour un tour de barque.

Le cri d'une oie sauvage

AURÉLIEN
Tu sais, il n'y a pas que ton père... Depuis la mort de Luce, ils me regardent tous de travers, ils m'évitent. On dirait qu'ils se méfient ! Tu te rends compte ?!

HÉLOÏSE
Je suis désolée pour toi.

AURÉLIEN
Ils croient que j'ai tué cette pauvre fille. Même Marie a des doutes. D'ailleurs, c'est un peu à cause de toi...

HÉLOÏSE

Pourquoi ?

AURÉLIEN

Quand tu es allée la voir, la nuit où... j'étais absent de la maison et tu lui as dit que je n'étais pas non plus à mon cabinet. Et moi, je lui avais dit que j'y étais. Alors... elle s'interroge.

HÉLOÏSE

Je suis désolée.

AURÉLIEN

Ce n'est pas de ta faute. C'est la malchance. Mais c'est dur... Je ne sais pas combien de temps je vais supporter leurs regards, leurs messes basses. Et il y a Marie. Je crois qu'on va se quitter, tu sais...

HÉLOÏSE

Ne fais pas ça pour moi. Je m'en voudrais d'avoir brisé un couple.

Craquements de branches

Scène 12

Au rendez-vous suivant, il ne vient pas. Héloïse attend, seule sur sa barque. Au bout de quelques jours, elle va rôder autour de la maison d'Aurélien pour voir ce qui lui arrive. Peut-être est-il malade. Peut-être sa fiancée lui fait-elle vivre un enfer s'il sort. Ou peut-être a-t-il retrouvé son ancienne affection pour elle...

Scène 13

Le bruit des touches d'un portable

HÉLOÏSE

Mylène, il ne m'appelle plus. Il me fuit. Je ne comprends pas !

MYLÈNE

Je te l'avais dit, les hommes sont des lâches... Te fais pas trop d'illusions, ma belle.

HÉLOÏSE

Je m'en fiche, je vais aller le voir ! Chez lui ! Malgré l'interdiction de papa ! Je suis majeure, après tout.

Scène 14

Bruit d'Héloïse se hissant sur un mur et sautant sur le sol

MARIE

J'ai entendu des rumeurs sur Héloïse et toi – on vous a vus ensemble, du côté des marais.

AURÉLIEN

On ne fait rien de mal, Marie, je t'assure.

MARIE

Tu n'as pas honte ? Elle a tout juste vingt ans !

AURÉLIEN

Tais-toi, Marie, arrête. Je n'en peux plus.

MARIE

Après Luce : Héloïse ?

AURÉLIEN

Arrête avec Luce. Et Héloïse... si tu veux tout savoir, je veux l'aider !

MARIE, *acerbe*

L'aider à quoi ? À vivre une initiation sexuelle accélérée ?

AURÉLIEN

Elle est séquestrée par son père. Je crois qu'il abuse d'elle. Il la prend pour sa femme.

MARIE

Tes instincts de sauveur, je connais. À d'autres, mon grand ! C'est juste un bon moyen pour mettre les filles dans ton lit, je le sais bien !

La porte claque.

Héloïse attend qu'elle se soit éloignée. Elle la regarde s'installer un lit de fortune dans le salon. La lumière s'éteint.

Alors, à la faveur de la nuit, elle grimpe sur le balcon, au premier. Elle pénètre dans la chambre d'Aurélien.

HÉLOÏSE

Aurélien...

AURÉLIEN, *effrayé*

Héloïse ? Qu'est-ce que tu fais là ?

Un gond qui grince. Un chuchotement

La porte s'ouvre.

MARIE

Mais... qu'est-ce qu'elle fait là ?

AURÉLIEN

Reviens, Marie. Ce n'est pas ce que tu crois...

Un cri de femme

Scène 15

Le lendemain, Marie quitte le village.

Bruit d'une sonnerie de portable

HÉLOÏSE

Mylène... Il m'a demandée en mariage !

MYLÈNE

C'est merveilleux... mais... si vite ?

HÉLOÏSE

Oui, c'est le seul moyen pour échapper à papa.

MYLÈNE

Tu es sûre de lui ?

HÉLOÏSE

De quoi tu parles ?

MYLÈNE

De la mort de Luce... Ça y est, le criminel a été retrouvé ?

HÉLOÏSE

Non.

MYLÈNE

Mais les soupçons ne portent plus sur lui ?

HÉLOÏSE

Les gendarmes sont des imbéciles. Ils continuent à trouver étrange la coïncidence entre l'arrivée d'Aurélien et la mort de Luce.

MYLÈNE

Pas toi ?

HÉLOÏSE

Non, pas moi. J'arrive demain à Nantes, je dois acheter ma robe. Tu m'aideras ? Allez, Mylène, dis oui !

Scène 16

Des rires. Un bouchon de champagne qui saute. Les bruits de la foule

MYLÈNE

À ton futur bonheur, ma belle.

HÉLOÏSE

Merci.

Des verres qu'on choque

MYLÈNE

Et Joseph, il en pense quoi ?

HÉLOÏSE

Il ne le sait pas.

MYLÈNE

Et tu ne veux pas lui dire ?

HÉLOÏSE

Si mais quand ça sera fait. Il ne pourra plus rien faire et je serai libre !

MYLÈNE

Héloïse, je voudrais te poser une question sur ton père. Est-ce qu'il... (*hésitant*) Est-ce qu'il a déjà abusé de toi ?

HÉLOÏSE, *mal à l'aise*

Papa ? Il m'aime, tu sais. Il dit qu'il m'aime plus que tout au monde.

MYLÈNE

Tu ne réponds pas à ma question. Parfois, l'amour peut être un sentiment pervers. Malsain. L'amour d'un père pour sa fille, par exemple.

HÉLOÏSE

Bientôt, je vais partir et la question ne se posera plus. On va se marier discrètement. Deux témoins, et c'est tout. Et... je t'ai choisie toi. Tu veux bien ?

MYLÈNE

Bien sûr !

HÉLOÏSE, *d'une voix triste*

Si elle avait été vivante, j'aurais aussi demandé à Luce d'être mon témoin.

Un silence

Scène 17

JOSEPH

Le maire est venu me voir, Héloïse... Tu peux m'expliquer ?

HÉLOÏSE

Aurélien et moi, on va se marier, papa ! Personne ne m'empêchera plus d'être heureuse ! C'est terminé, maintenant. Je suis désolée mais je ne peux pas remplacer maman !

Bruit d'une gifle, d'un sanglot

JOSEPH

Excuse-moi, Héloïse, je ne voulais pas te faire mal.

HÉLOÏSE

Salaud !

JOSEPH

Je voudrais tellement que tu sois heureuse... Mais tu ne me laisses pas le choix !

Une porte qu'on ferme à clé. À double tour

HÉLOÏSE

Je t'en prie, papa, ouvre-moi, ouvre-moi...

Un silence

Scène 18

Héloïse observe derrière sa fenêtre la portion de monde qui s'offre encore à elle. Elle pleure.

Le nénuphar fané pourrit dans son vase. Elle caresse les lettres au papier bleu pâle. Elle regarde le calendrier. Le mariage a lieu dans une semaine.

Scène 19

Une moto qui se gare

MYLÈNE

J'ai fait aussi vite que j'ai pu.

JOSEPH

Merci, Mylène. Je ne sais vraiment plus quoi faire. Depuis la mort de Solen, je suis perdu. Elle savait parler à la petite, au moins... Moi, je ne sais plus comment faire.

MYLÈNE

Je vais la voir. Reste ici.

Les clés qui tournent dans la serrure, la porte s'ouvre, se referme.

HÉLOÏSE, *heureuse*

Mylène !

MYLÈNE

Je suis venue aussi vite que possible. Raconte-moi.

HÉLOÏSE

Mon père m'a enfermée. Il veut m'empêcher d'aller rejoindre Aurélien. Il a confisqué mon portable, il ouvre mon courrier. Ça fait huit jours que je ne suis pas sortie.

MYLÈNE

Ce n'est pas possible. Il ne peut pas faire ça. Tu dois porter plainte.

HÉLOÏSE

Je t'en supplie, va parler à Aurélien. Dis-lui pourquoi je ne lui donne plus de nouvelles. Pourquoi je ne peux plus lui parler.

MYLÈNE

D'accord, j'irai. Compte sur moi.

La porte se referme. La clé

Scène 20

Puis, plus rien... Juste son père qui, mutique, lui apporte une assiette avant de refermer la porte.

HÉLOÏSE

Laisse-moi sortir, papa, je t'en supplie... Je vais crever, ici...

JOSEPH, *ému*

Je ne peux pas. Tu vas faire des bêtises.

HÉLOÏSE

J'ai vingt ans, papa, on fait des bêtises à vingt ans. Et alors ?

Bruit de l'assiette posée sur le sol. La porte qui se referme. Les clés

Parfois, elle voit les gendarmes passer sous ses fenêtres.

La date du mariage approche.

Héloïse prend une décision. Le jour fatidique, soigneusement, elle enfile sa robe blanche.

Bruit de tissu. Cheveux qu'on coiffe à la brosse

Elle se coiffe devant la glace. Elle s'observe. Elle est jolie comme ça, on dirait quelqu'un d'autre.

Puis, elle attend. Elle regarde l'horloge.

À midi, son père viendra lui apporter son assiette.

Un pas lourd monte l'escalier.

Héloïse serre les poings, décidée. Le vieux pousse la porte. Héloïse se jette dans ses bras.

HÉLOÏSE

Faut me laisser, papa. Tu dois me laisser être heureuse.

Il caresse sa joue, regarde la robe que sa fille a enfilée. Il pleure presque.

JOSEPH

J'aimerais bien, ma chérie. Mon amour...

HÉLOÏSE

Ouvre la porte. J'ai besoin d'être libre. Tu ne peux pas comprendre ?

JOSEPH, *bouleversé*

Si, je comprends. Mais je ne peux pas.

Puis, il s'apprête à refermer la porte à double tour, sourd aux supplications de la jeune femme.
Elle saisit le vase dans lequel nage le nénuphar.

Un coup sourd, le bruit des éclats du vase... et la chute du corps de Joseph

Sitôt dehors, Héloïse se met à courir. Elle court dans sa robe blanche qui entrave sa marche. Elle frappe comme une folle à la porte du cabinet. Personne. Elle entre comme une furie dans la maison d'Aurélien.

HÉLOÏSE

Aurélien ! Aurélien !

Personne. Elle aperçoit des gendarmes.

Bruit d'une course folle.

Quand ils l'aperçoivent, ils font mine de s'approcher d'un air contrit. Mais ils ne doivent rien empêcher !

Elle court. Elle parvient à leur fausser compagnie en se cachant derrière un arbre.

Bruit d'une course folle.

Elle sait où Aurélien l'attend. Elle court vers les marais. Elle ne le voit pas mais elle entend quelqu'un.

C'est Mylène. Elle est assise sur le tronc d'un arbre mort.

Abasourdie, Héloïse la regarde. Mylène marche vers elle.

MYLÈNE

Qu'est-ce que tu fais là ?

HÉLOÏSE

C'est le jour du mariage, tu ne te souviens plus ? Il ne reste qu'une demi-heure avant la cérémonie !

MYLÈNE

Héloïse, attends...

HÉLOÏSE

Mais je ne peux plus attendre... je vais être en retard.

MYLÈNE

Héloïse. Écoute-moi.

HÉLOÏSE

Viens, tu parleras en route.

MYLÈNE

Joseph m'a tout expliqué. Ta maladie.

HÉLOÏSE

Quelle maladie ? Regarde-moi, je suis en pleine forme.

MYLÈNE, *douce*

Tu sais, Héloïse, cette maladie qui te fait croire que les hommes t'aiment... surtout les médecins. Ton père m'a tout raconté. Quand tu as commencé tes études d'infirmière à Rennes, tu as cru qu'un interne te tournait autour.

HÉLOÏSE

Il était fou de moi.

MYLÈNE

Non, Héloïse, tu lui faisais peur... tu l'appelais la nuit, n'importe quand, tu allais sonner chez lui. Il a fini par porter plainte. Et l'arrivée d'Aurélien...

HÉLOÏSE

Aurélien m'aime ! Il m'a demandée en mariage.

MYLÈNE

Il a surtout été naïf, il a cru que tu étais abusée par ton père et il a voulu t'aider. C'est tout.

HÉLOÏSE

Mais les lettres qu'il m'a envoyées, tu les as lues, toi aussi ?

MYLÈNE

Tu te les es envoyées à toi-même, ces lettres... J'ai retrouvé le papier bleu dans le bureau de Joseph. Et ton père m'a expliqué que tu ne pouvais pas recevoir d'appels... Tu n'as même pas de forfait !

HÉLOÏSE

Je veux voir Aurélien ! Tu lui as parlé ? Tu lui as dit que je serais au rendez-vous ?

Bruit de feuilles

AURÉLIEN

Oui, elle est venue me parler...

Aurélien sort de derrière un bouquet d'arbres où il s'était caché. Un pan de sa chemise est sorti de son pantalon. Héloïse le contemple d'un air perdu, puis Mylène.

Elle remarque les cheveux ébouriffés de sa jeune tante, ses joues roses, sa jupe froissée.

AURÉLIEN

C'est *pour ça* que ton père t'a enfermée ? Parce que tu es dangereuse ? C'est toi qui as tué Luce... Tu es venue dans les marais, après être allée voir Marie, et tu nous as surpris ensemble, Luce et moi... Tu as attendu que je parte, n'est-ce pas ? Tu as attendu qu'elle soit seule...

Pour le faire taire, Héloïse attrape une pierre. Elle se tourne vers Aurélien. Il a un mouvement de recul instinctif.

MYLÈNE, *doucement*

Viens, Héloïse. Viens... on va te faire soigner... tout ira bien, tu verras. Donne-moi ta main. Pose cette pierre. Et donne-moi ta main. Je vais t'emmener avec moi...

Un bruit mat : celui d'une pierre contre de la chair

Héloïse donne un coup brusque et violent sur le crâne de Mylène. Puis un second, un troisième...

Bruits de lutte

Aurélien essaie de la retenir. Il met quelques instants à l'arrêter tant sa fureur est grande.
Ils se battent. C'est leur premier corps à corps.

Bruits de lutte. Halètements, des cris étouffés, des soupirs ; c'est une lutte mais ça pourrait être un orgasme.

Héloïse s'écarte.
Au cœur des marais, sa robe blanche maculée de boue, elle regarde avec stupeur ses mains couvertes de sang.

Un long cri de gorge

Puis, le corps sanglant de Mylène, près duquel pleure Aurélien

***

Scène 21

Le bruit d'un moteur

Héloïse regarde derrière la vitre de l'ambulance. Son père est là, debout. Ses bras pendent le long de son corps. Il paraît épuisé.
L'ambulance va partir. Héloïse colle son visage contre la vitre.

HÉLOÏSE

Papa !

Joseph lève le bras. Il agite sa main en direction d'Héloïse.
Elle se souvient de sa première sortie scolaire. Ils avaient pris un car et ils étaient allés à La Baule pendant trois jours pour un stage de voile. C'était la première fois qu'elle partait si loin de ses parents. Son père avait eu, ce jour-là, exactement le même geste. Il avait agité sa main. Et il avait grommelé quelque chose, pour lui-même. À l'époque, elle n'avait pas compris.

Mais aujourd'hui, elle lit les mots sur ses lèvres.
« Reviens vite. »

Des petits coups frappés derrière une vitre

Il se met à pleurer. En silence. Alors, elle détourne les yeux.

À l'intérieur de l'ambulance, un infirmier s'apprête à lui faire une piqûre, sous l'escorte d'un gendarme.

INFIRMIER
Bonjour, je m'appelle Arthur.

Héloïse relève la tête vers le jeune infirmier. Elle voit briller deux yeux verts dans la nuit noire qui s'est abattue sur elle.
Elle lui sourit.

LE BEAU PARLEUR

Dominique Sylvain

PERSONNAGES

BERTRAND

MARIANNE : *son épouse*

CLAIRE : *la jeune femme à séduire*

LE GARÇON DE CAFÉ

UNE JOURNALISTE RADIO

Scène I

Bertrand rentre à son domicile.

BERTRAND

Marianne ! T'es où ?

MARIANNE

Te voilà enfin. Je n'arrivais pas à te joindre.

BERTRAND

Après le bureau, j'suis allé à la gym. Fais-moi confiance, ton p'tit mari se connaît. Il avait besoin de transpirer comme un goret.

MARIANNE

Tu risques d'être en retard.

BERTRAND

Tout va bien, j'suis dans les temps.

MARIANNE

Je t'ai préparé ton costume et j'ai ciré tes chaussures.

BERTRAND

C'était pas la peine, ma puce.

MARIANNE

Des chaussures impeccables, c'est important, Bertrand. La plupart des femmes jugent un homme sur ce détail. Ça en dit long sur sa sensibilité, et sa force de caractère.

BERTRAND

T'inquiète pas, j'lui plais déjà. Bon, faut que j'me rase.

MARIANNE

Ce serait une erreur. Tu dégages quelque chose d'impérieux quand ta barbe réapparaît.

BERTRAND, *un sourire dans la voix*

Impérieux. Rien que ça.

MARIANNE

Si, si, je te l'ai déjà dit. Avec tes cheveux ras, c'est parfait. Le mélange masculinité et sophistication, c'est irrésistible.

BERTRAND, *se mirant*

Regarde-moi cette gueule de militaire. Quel tableau !

MARIANNE

Habille-toi. Tu vas finir par être vraiment en retard.

Bertrand s'habille.

BERTRAND

Qu'est-ce que tu fais encore subir à mes chaussures ?

MARIANNE

Je leur donne un dernier petit coup de feutrine.

BERTRAND

J'vais pouvoir me mirer dedans. Ou du moins, mon double va se mirer dedans. Ça va la cravate ?

MARIANNE

Elle est droite et ça ne va pas. Nous n'avons pas envie d'un expert-comptable.

BERTRAND, *amusé*

Fais-toi plaisir, arrange cette foutue cravate à ta façon.

MARIANNE

Écoute, sans cravate, c'est beaucoup mieux. Regarde.

BERTRAND, *qui soupire et devient plus grave*

Je suis plus moi. Et ça fait si longtemps, quelquefois, j'me demande...

MARIANNE

Tu ne vas pas flancher...

BERTRAND

Mais non. C'est pour toi tout ça.

MARIANNE, *grave*

Et pour Christophe.

BERTRAND

Oui. Pour Christophe. Marianne ?

MARIANNE

Quoi ?

BERTRAND

J'ai besoin que tu m'serres dans tes bras. Si ça ne s'passait pas comme prévu... Allez, serre-moi fort.

Ils s'enlacent.

BERTRAND

Tu sens bon.

MARIANNE

Tu as peur. Mais il ne faut pas, tu t'es préparé... Ça fait des années, Bertrand... Et cette nuit, c'est la bonne. C'est toi qui me l'as dit.

BERTRAND

Oui, j'ai su me faire désirer, elle est mûre. Elle me fait enfin confiance. J'suis bien certain que cette nuit... Mais j'ai peur, Marianne, c'est vrai. À toi, je n'mens pas. Si j'commençais à te raconter des craques à toi aussi, j'deviendrais dingue.

MARIANNE

Écoute, il est encore temps. On peut reporter.

BERTRAND

J'ai pas voulu dire ça...

MARIANNE

Je ne veux pas te forcer, je n'ai pas le droit...

BERTRAND

J't'ai donné ma parole. Et j'veux le faire. Pour nous. Pour moi aussi. Ça fait trop longtemps qu'ça dure. J'arrive à la limite...

MARIANNE

Oui, je comprends.

Scène II

Une ambiance animée de café. Un brouhaha en arrière-fond

BERTRAND/ALAIN, *qui a une voix suave, plus distinguée*

Bonsoir, Claire. Je suis vraiment désolé. Vous êtes là depuis longtemps ?

CLAIRE

Un quart d'heure...

BERTRAND/ALAIN

Toutes mes excuses !

CLAIRE

Ce n'est rien, Alain.

BERTRAND/ALAIN

La prochaine fois, inversons les rôles.

CLAIRE, *intriguée*

C'est-à-dire ?

BERTRAND/ALAIN

Vous arriverez en retard, et je savourerai l'attente.

CLAIRE, *d'abord amusée, puis grave*

Vous nous avez manqué jeudi. Ce cours de théâtre, c'est moins drôle sans vous.

BERTRAND/ALAIN

J'ai été submergé de travail. Et je vous l'avoue, l'élément le plus palpitant dans ce cours, c'est notre rencontre.

CLAIRE

Merci. Ça me touche. Vraiment.

BERTRAND/ALAIN

Je peux tout vous confier, sans pudeur, sans artifices, c'est une situation exceptionnelle, Claire. D'autant que le sentiment est partagé, n'est-ce pas ?

CLAIRE

Il l'est. Et je vous le répète, sans vous, c'est moins bien.

BERTRAND/ALAIN

Moins *bien* ? Vous me flattez mais vous m'intriguez surtout.

CLAIRE

Moins animé.

BERTRAND/ALAIN

Vous me poussez dans mes retranchements, alors je l'admets, j'envisage d'abandonner.

CLAIRE

Oh non...

BERTRAND/ALAIN

Notre cher professeur est fort sympathique, mais il ne comprend rien à rien. Il manque de folie.

CLAIRE

Vous trouvez ?

BERTRAND/ALAIN

Un personnage de Mario Vargas Llosa l'exprime très bien : « La vie est une tornade de merde, dans laquelle l'art est notre seul parapluie. » Le théâtre, c'est trop important pour laisser cela à un tâcheron. Mais renoncer à monter sur les planches n'implique pas de faire un trait sur ma passion. Tenez, miracle, j'ai obtenu deux places pour la représentation de ce soir. Acceptez-vous de m'accompagner ?

CLAIRE

Les Fausses Confidences. Magnifique, Marivaux ! Bien sûr que j'accepte. C'est ma pièce favorite.

BERTRAND/ALAIN

Eh oui, je m'en suis souvenu. Commandons du champagne, ça nous mettra en condition.

CLAIRE

Je préfère éviter l'alcool.

BERTRAND/ALAIN

Garçon !

LE GARÇON

Oui, monsieur. Qu'est-ce que ce sera ?

BERTRAND/ALAIN

Donnez-nous votre meilleure eau gazeuse dans deux coupes à champagne, voulez-vous ?

LE GARÇON, *ironique voire gouailleur*

Une folle soirée s'annonce. Deux eaux gazeuses, deux.

CLAIRE, *attendant que le garçon s'éloigne, à mi-voix*

Il est gonflé, ce loufiat.

BERTRAND/ALAIN

Non, il a tout compris. La vie est un théâtre et il balance sa réplique. J'aime bien.

CLAIRE

Et moi, j'aime être avec vous. Rien n'est grave. Vous êtes... relaxant.

BERTRAND/ALAIN

Ah, j'ai ma réponse. Je sais enfin pourquoi un vieux bonhomme dans mon genre a le privilège de vous fréquenter, jeune femme. Je vous relaxe. Eh bien, cela me convient parfaitement.

CLAIRE

D'abord, vous n'êtes pas vieux, vous êtes mûr...

BERTRAND/ALAIN

Voilà qui n'est pas désagréable à entendre. Je l'avoue. Mon vieil ego est chaviré. Continuez sur votre lancée.

CLAIRE

Et vous ne posez jamais de questions indiscrètes. Du coup, j'ai envie de vous faire des confidences.

BERTRAND/ALAIN

Faites-m'en des fausses si cela doit vous relaxer. Je suis tout à vous.

CLAIRE, *d'abord amusée, puis grave*

Vous savez, on va bientôt pouvoir fêter notre anniversaire...

BERTRAND/ALAIN

Allons bon !

CLAIRE

Mais oui, ça fait presque un an que vous êtes arrivé dans ce cours de théâtre. Moi aussi d'ailleurs.

BERTRAND/ALAIN

Ah oui, je ne m'en étais pas aperçu. Cette année a filé délicieusement.

CLAIRE

J'ai mis le temps à comprendre que vous m'attiriez parce que vous me rappelez physiquement mon père.

Et parce que rayon caractère, vous êtes son antithèse. Il n'a jamais eu qu'un mot à la bouche. Travail.

BERTRAND/ALAIN

« Jours de travail ! Seuls jours où j'ai vécu ! » C'est Alfred qui le dit. Alfred de Musset, bien sûr.

CLAIRE

Vous savez, mon père a tout décidé pour moi. Une fois nommé grand patron de clinique, il m'a fait venir dans son équipe. Il m'avait toujours vampirisée, j'ai accepté. Chaque jour, il était l'Œil qui me surveillait. Tout le temps.

BERTRAND/ALAIN

Vous êtes médecin ?

CLAIRE

Je l'ai été. Mais j'ai décidé de changer de vie. Je vous dirai un jour pourquoi.

BERTRAND/ALAIN

Parce que vous avez déboulonné la statue du Commandeur. Bravo.

CLAIRE

C'est plutôt les circonstances qui ont décidé pour moi.

LE GARÇON, *toujours gouailleur*

Une grande cuvée, m'sieur, dame. À déguster avec modération.

Ils trinquent.

BERTRAND/ALAIN

À Marivaux, à vous, à moi et même au Commandeur.

CLAIRE

Oh non, pas lui.

BERTRAND/ALAIN

Mais si, car sans lui, ne vous ayant pas rencontrée, j'errerais comme une âme en peine.

CLAIRE

Il faut que je vous fasse une confidence...

BERTRAND/ALAIN

Encore ? Le garçon ne plaisantait pas. C'est une grande cuvée qui délie les langues et les esprits.

CLAIRE

Alain, je suis sérieuse...

BERTRAND/ALAIN

Je vous écoute.

CLAIRE, *émue*

Je n'étais plus sortie avec un homme depuis... très longtemps. Un manque de confiance. La peur d'être jugée, encore et encore. Avec vous, je... Je ne sais pas le dire autrement... Je revis. Merci pour ça.

Moment de silence entre eux

CLAIRE

Vous ne dites rien...

BERTRAND/ALAIN

Je déguste le moment, Claire.

CLAIRE, *amusée et émue*

Je suis vraiment... bien, avec vous.

BERTRAND/ALAIN

Il y a ce très beau haïku de Natsume Sôseki. « Sans savoir pourquoi/J'aime ce monde/Où nous venons pour mourir. » Moi, je sais pourquoi j'aime ce monde. Pour des instants comme celui-là.

CLAIRE

Il y en aura d'autres, Alain.

BERTRAND/ALAIN

Beaucoup d'autres ? Je l'espère de tout cœur.

Scène III

Ils marchent lentement dans la rue. Il pleut.

CLAIRE

Je ne suis pas garée loin. Une cinquantaine de mètres tout au plus.

BERTRAND/ALAIN

Vous êtes blottie contre moi, sous ce grand parapluie aux baleines fatiguées. Et je suis... fou de joie. C'est agréable de pouvoir protéger une femme. J'aime prendre soin de vous. Vous ne m'en voulez pas ?

CLAIRE

Mais non...

BERTRAND/ALAIN

C'est une attitude un peu machiste. Le protecteur. L'homme viril. Mais j'avoue que j'éprouve une certaine nostalgie. De cette époque où les femmes se laissaient protéger.

CLAIRE

J'ai toujours aimé ça. Simplement, je l'avais oublié. Et personne... ne voulait remplir le rôle.

BERTRAND/ALAIN

Eh bien, cette nuit, je vous protégerai. Pour commencer, accordez-moi ce petit plaisir...

CLAIRE

Quoi donc ?

BERTRAND/ALAIN

Laissez-moi conduire. C'est comme pour une valse ou un tango. Il y a cette satisfaction d'être le guide. Non pas pour la domination...

CLAIRE

Mais pour la joie de la protection. Je vous ai bien compris. Tenez, les clés.

Ils marchent jusqu'à la voiture.

Scène IV

Ils montent à bord, bouclent leurs ceintures. Il met le contact. La voiture démarre.

L'autoradio se déclenche sur le bulletin d'infos.

LA JOURNALISTE

« Un sans-abri a été abattu par la police de Los Angeles. Ce quadragénaire se faisait passer pour un Français depuis des années en utilisant un passeport usurpé. Une altercation a eu lieu alors qu'il tentait de dérober l'arme d'un policier... »

Bertrand cherche une autre station et s'arrête sur un programme de musique classique.

BERTRAND/ALAIN

Par la voie express, je pense que nous y serons dans une demi-heure.

CLAIRE

La représentation est dans cinquante minutes. Nous ne sommes pas en retard.

BERTRAND/ALAIN

Vous trouvez que je roule trop vite ?

CLAIRE

Un peu.

BERTRAND/ALAIN

En fait, j'aimerais faire un léger détour. Je veux vous montrer quelque chose.

On entend le clignotant.

CLAIRE

Mais vous croyez vraiment que nous avons le temps ?

BERTRAND/ALAIN

Oui, ne vous inquiétez pas.

CLAIRE

Vous ne voulez pas me dire où nous allons ?

BERTRAND/ALAIN

C'est une surprise. Et vous m'avez dit que je vous relaxais.

CLAIRE

Oui... Jusqu'à présent.

Il ralentit, engage la voiture sur un sentier cahoteux.

CLAIRE

Nous sommes en pleine campagne. Je ne comprends pas.

BERTRAND/ALAIN

J'ai besoin d'un écrin. Pour un cadeau que je veux vous faire. Je suis comme Rainer Maria Rilke : « Je crois à la nuit. »

CLAIRE

Il a dit ça ?

BERTRAND/ALAIN

Oui. Il l'a dit. Pour que je vous le répète bien des années plus tard. Notre rencontre est écrite.

La voiture ralentit.

Scène V

Bernard/Alain coupe le moteur. La pluie résonne sur le pare-brise.

CLAIRE

Mais pourquoi tout ce mystère ?

Il ouvre et fouille la boîte à gants.

BERTRAND/ALAIN

J'ai un bracelet pour vous.

CLAIRE, *choquée*

Mais, ce sont des menottes. Vous ne croyez tout de même pas... Lâchez-moi !

Bruit de lutte. Les menottes sont bouclées.

BERTRAND/ALAIN

Voilà, c'est fait.

Bruit d'une bande adhésive déployée

CLAIRE, *entre peur et colère*

Laissez-moi ! Espèce de salaud ! Vous êtes complètement dingue.

BERTRAND, *qui a perdu sa voix suave*

Non, ma fille. Organisé. J'ai besoin de t'transformer en saucisson.

Il lui attache les membres avec la bande adhésive.

CLAIRE

Mais vous êtes qui ? Tout ce baratin, c'était...

BERTRAND

Bidon. Ouais. Du début à la fin. Tu sauras vite qui j'suis. Et tu vas pas aimer.

CLAIRE

Ne me faites pas de mal ! Je ferai ce que vous voudrez.

BERTRAND

Bien sûr.

Bruit d'une bouteille à moitié pleine que Bertrand agite

CLAIRE

C'est quoi ça ?!

BERTRAND

Un cocktail gagnant. Alcool et somnifère.

CLAIRE

Non, je ne peux pas ! Hors de question !

BERTRAND

Et j'ai même pensé à l'entonnoir de cuisine pour qu'ça descende tout seul.

CLAIRE

Attendez ! Vous faites erreur. Vous me confondez...

BERTRAND

Avec personne. Tu es bien cette fille qui a décidé d'en finir. Et de se bourrer la gueule une dernière fois. Logique pour une pochtronne.

CLAIRE

Mais qu'est-ce que vous me voulez à la fin ?!

BERTRAND

Christophe. Ça te dit quelque chose ? Christophe, dix-neuf ans. Christophe, et la vie devant lui. Jusqu'à ce qu'il croise ton chemin. Tu l'as endormi et il ne s'est jamais réveillé.

CLAIRE

Vous êtes...

BERTRAND

Ouais, son père. Bingo.

CLAIRE

C'est impossible...

BERTRAND

Cinq ans de plus. Quinze kilos de moins. La boule à ras façon Jason Statham parce qu'il paraît que ça excite les dindes dans ton genre. Et les cours de théâtre pour apprendre à causer. À faire le beau. Pour un type comme moi, c'était pas gagné d'avance.

CLAIRE

Je ne comprends pas...

L'averse cesse.

BERTRAND/ALAIN

C'est surtout que tu ne t'*intéresses* pas. Si tu nous avais mieux regardés ma femme et moi pendant les audiences, tu n'aurais pas oublié ma gueule. Mais t'étais concentrée sur ton nombril. Et sur le

Grand Homme. Ton père, qui t'a soi-disant vampirisée. Au point que tu t'es mise à picoler pour échapper à la pression. Belle excuse. D'autant qu'il s'est démené pour toi au tribunal. C'est tellement facile de rejeter ses fautes sur les autres. En fait, t'es qu'une marchande de mort subite.

CLAIRE

J'ai fait de la prison. J'ai payé ma dette. Mais c'est sans fin. Croyez-moi, il ne se passe pas un jour sans que j'y pense...

BERTRAND

Ta dette ? J'me marre. Nos foutus juges ont décidé que tu ferais pas toute ta peine. Quatre piges au lieu de cinq, et hop, bonjour chez vous. C'est pas cher payé. J'parie que ton paternel a fait jouer ses relations.

CLAIRE

Écoutez, je vis un enfer depuis que votre fils est mort. Je regrette tellement. Tellement ! Je n'ai plus touché une goutte d'alcool.

BERTRAND

Pour une fille qui picole plus, t'es bien soûlante...

CLAIRE

J'ai quitté la ville parce que j'étais comme une pestiférée. Je n'avais plus de vie...

BERTRAND, *qui se force à plaisanter*
Pauv' chérie ! Elle a plus de vie ! Mon cœur fond.

CLAIRE
Il n'y avait que ce cours de théâtre. C'était ça qui me faisait sortir de chez moi. Et vous ! Vous étiez le seul à qui je pouvais parler. Il faut m'accorder votre pardon. Je vous en supplie !

BERTRAND, *légèrement perturbé*
Oh ça va avec tes plaintes...

CLAIRE, *débit précipité*
Alain, je vous ai vraiment aimé. J'ai cru que la vie recommençait.

BERTRAND
J'm'appelle Bertrand, pas Alain.

CLAIRE, *qui veut convaincre, vite, pour être épargnée, mais le ton est sincère*
Ça m'est égal. Et même maintenant que je sais qui vous êtes, il y a une partie de moi qui est terrorisée. Mais l'autre... Cette femme... qui n'est pas encore complètement morte à l'intérieur, je vous jure qu'elle vous a aimé.

BERTRAND
Et allez ! Les grands mots. C'est vraiment, ton truc, ça, les grands mots. Mais moi, j'suis pas un intello, tu vois ?

CLAIRE

Non, attendez, ce n'est pas possible... Ça fait presque un an qu'on prend ces cours de théâtre ensemble... On s'est ouvert l'un à l'autre.

BERTRAND

Ouais, c'est ça. Comme des boîtes de conserve. Tu m'fais presque marrer.

CLAIRE

Vous avez aimé ces cours. Je le sais ! Et vous êtes très bon. Vous avez un vrai talent. Un talent rare. Et vous ne le saviez pas. Mais maintenant que vous le savez, c'est différent. Vous n'êtes plus le même !

BERTRAND, *plus froid*

Ça m'est égal, ma fille.

CLAIRE

Non, je sens, je sais que ça ne vous est pas égal.

BERTRAND, *dont la colère monte*

Tu veux vraiment savoir pourquoi j'ai fait le beau sur les planches, hein ? Eh bien, tu vas le savoir. J'ai épluché ta bio. J'ai appris qu'avant la prison, tu faisais du théâtre. Depuis toujours. On appelle ça une passion. Et les gens reviennent toujours à leur passion. Alors, ça m'a inspiré, tu vois ? J'ai pris des cours moi aussi pendant qu'tu purgeais ta peine. Pour devenir un aut' bonhomme, un d'ces beaux parleurs capables de t'plaire. Et de t'approcher. Parce que rayon séduction, t'ouvrais pas trop ton cœur avec tous tes problèmes.

Et puis à ta sortie de taule, je t'ai suivie, en douce. Dans ta nouvelle vie, ta nouvelle ville. J'savais que t'allais replonger. C'était soit la picole, soit le théâtre. Ça a été le théâtre. Alors, je me suis inscrit. Ça a pas été fastoche parce que j'habite toujours la même ville. À près de deux cents bornes. Mais il faut savoir c'qu'on veut dans la vie, hein, pas vrai ? Voilà ! C'est tout. Cherche pas plus loin !

CLAIRE

Je sais ce que tu as dans le cœur, Bertrand. J'ai eu le temps.

BERTRAND

Si tu crois que ça a été une partie de plaisir...

CLAIRE

Tu es lumineux quand tu montes sur scène... Et donc, cette lumière, elle existe en toi, n'importe quand, n'importe où... Bertrand, écoute-moi. Tu sais que j'ai raison.

BERTRAND, *qui prend sur lui*

Bon, j'en ai marre de t'entendre. Tout ce bla-bla, ces conneries, des heures entières à renifler tes états d'âme. De toute façon, le type que t'as aimé, c'est pas moi.

Il la bâillonne, elle essaie de protester et geint.

BERTRAND

Je vais plus te faire le topo pour que tu piges. Rien à foutre de ton confort intellectuel. Je veux juste que tu souffres. Y a plus d'espoir. Tu vas crever. Et ça s'résumera à la rubrique des faits divers. Comme pour mon fils. L'anesthésiste alcoolo prend cinq ans pour « homicide involontaire aggravé par la violation manifeste et délibérée d'une obligation de prudence et de sécurité ». À sa sortie de prison, brisée, elle vivote encore une p'tite année et se fout en l'air. Classique. Logique. Fin de l'histoire.

Déclic d'un couteau à cran d'arrêt. Claire gémit de terreur.

BERTRAND

J'ai pas l'intention de t'suriner. Laisse-moi trouer ton bâillon, histoire d'y glisser l'entonnoir. Tout doux. Tranquille !

Bruit de liquide ingurgité

BERTRAND

Voilà, gentiment, jusqu'à la dernière goutte. Bien. Et je te remets la musique, ça va t'aider.

La radio diffuse un tango. Claire gémit, se débat. Bertrand rallume le moteur et monte le son de la radio.

Scène VI

Bertrand rentre chez lui.

MARIANNE

Alors ?

BERTRAND, *sombre*

C'est fait.

MARIANNE

Je mourais d'envie de te téléphoner. Mais ça n'aurait pas été prudent. Tu as été bien long...

BERTRAND

J'ai marché un sacré bout de temps. Et puis, j'ai pris le train. Mais à cette heure-ci, y en avait pas beaucoup et... *(Il soupire, peine à poursuivre.)*

MARIANNE

Comment te sens-tu ?

BERTRAND

Mal.

MARIANNE

Dis-moi.

BERTRAND

Sur le coup, j'avais la rage. Mais après, j'ai réfléchi... Bon sang, j'ai tué quelqu'un...

MARIANNE

On a tué quelqu'un. Moi, je ne regrette rien. Toi ?

BERTRAND

Je ne sais pas.

MARIANNE

Il faudra du temps. Mais la paix reviendra.

BERTRAND

Oui, sûrement. (*et essayant de plaisanter sans y parvenir*) Ah, c'est ces foutus cours de théâtre, ça m'a mis la tête à l'envers...

MARIANNE

Moi, je me sens différente. Comme si un étau s'était desserré sur ma gorge. Et c'est grâce à toi, Bertrand.

BERTRAND

Il faut que j'te dise...

MARIANNE

Quoi ?

BERTRAND

Elle m'a dit qu'elle m'aimait.

MARIANNE, *plutôt indifférente*

Ah.

BERTRAND

Oui. Et j'pense qu'elle disait la vérité.

MARIANNE
Tu vois, je t'avais dit que le physique pour ce genre de femme, c'est très important.

BERTRAND
Marianne ?

MARIANNE
Oui ?

BERTRAND
J'ai pensé que maintenant que c'était fait...

MARIANNE
Eh bien ?

BERTRAND
On pourrait partir. Toi et moi.

MARIANNE
Où ça ?

BERTRAND
Peut-être en Norvège. J'ai toujours eu envie de voir à quoi ça ressemblait. J'ai besoin de neige...

MARIANNE
Partir ?

BERTRAND
Oui. Pour recommencer.

MARIANNE
Il n'y aura pas de recommencement. Je veux pouvoir aller sur la tombe de Christophe.

BERTRAND
Oui. Bien sûr.

Silence. On n'entend que la pendule.

BERTRAND
Qu'est-ce qui se passe ? Ça va pas ?

MARIANNE
Quand tu lui as enlevé son bâillon et ses liens, tu as fait attention ?

BERTRAND
Oui. J'ai fait comme on a dit. J'ai attendu qu'elle dorme. Et j'ai utilisé la lotion qu'tu m'as donnée pour enlever les traces d'adhésif.

MARIANNE
Et tu as laissé la radio ? Et le moteur tournait au ralenti ? Les détails toujours. Les suicidés ne veulent pas avoir froid. C'est idiot mais c'est comme ça.

BERTRAND
Oui, j'ai fait tout ça.

MARIANNE
Il n'y avait personne aux alentours ?

BERTRAND

Personne. J'avais bien choisi le coin pour ça.

MARIANNE

C'est vrai.

BERTRAND

Marianne, il s'est passé quelque chose que tu m'dis pas...

MARIANNE

Oh, ce n'est rien sans doute.

BERTRAND

Quoi donc ? Dis-moi.

MARIANNE

Juste avant que tu rentres. Un coup de fil. Personne. Et ça a raccroché.

Silence entre eux et tic-tac de la pendule

BERTRAND

C'est la première fois qu'ça arrive ?

MARIANNE

Non.

BERTRAND

Depuis quand ?

MARIANNE

Peut-être bien depuis que tu as commencé les cours de théâtre avec elle. Maintenant que j'y pense.

BERTRAND

Pourquoi tu m'as rien dit ?

MARIANNE, *un peu plus sèche*

Quelle importance ? La seule chose qui m'inquiétait, c'était que cette femme en réchappe. À quoi penses-tu ?

BERTRAND

J'pense à son père.

MARIANNE

Son père ?

BERTRAND

Il était très présent dans sa vie. Trop, d'après elle. Souviens-toi comment il l'a défendue à la barre. Un lion.

MARIANNE

Oui, c'est vrai.

BERTRAND

Elle était très seule depuis sa sortie de prison. Elle n'avait plus confiance. Le seul qui a percé ses barrières...

MARIANNE

C'est toi... Tu crois que ce type t'a repéré ?

BERTRAND

J'ai toujours écouté la petite voix dans ma tête. Elle me dit d'me barrer. On part, Marianne. Tout de suite.

MARIANNE, *déterminée*

Je ne quitterai pas Christophe.

Silence. Puis la sonnette de la porte d'entrée

BERTRAND, *chuchotant*

N'ouvre pas.

MARIANNE

Depuis la mort de Christophe, je n'ai plus peur de rien. Tu n'as toujours pas compris ?

Elle se lève, marche en direction de la porte.

BERTRAND

Non, n'y va pas.

MARIANNE

Si c'est lui, ce sera très simple.

BERTRAND

Quoi ?

MARIANNE

On le tuera. Elle l'a dit elle-même, c'est à cause de son père qu'elle est devenue un monstre.

BERTRAND

Marianne, les monstres, ça n'existe pas.

MARIANNE, *sèche*

Si, il y en a déjà deux dans cette pièce. Mais ça m'est complètement égal.

Nouveau coup de sonnette. Prolongé, cette fois

BERTRAND

Marianne ! Non.

***

GLORIA POST MORTEM

Danielle Thiery

PERSONNAGES

GLORIA : *journaliste*

LOÏC PETIT : *commandant de police*

MARTIN : *capitaine des pompiers*

LILY : *victime*

MÈRE DE LILY

KEVIN : *petit ami de Lily*

LOUIS : *officier de police*

LÉON : *SDF*

GARDIEN DES GARDES À VUE

UN POMPIER

1.

Ambiance rue, nuit. Des voitures passent, au loin, sur une voie assez chargée.

Une jeune fille marche vite sur un trottoir, puis se met à courir. Halètements de stress et de peur

Une sirène de police ou pompiers qui se rapproche... Un véhicule arrive à hauteur de la jeune fille, s'arrête.

UN HOMME, *depuis la voiture*

Mademoiselle ! Ça va ? Un problème ?

JEUNE FILLE

Je ne sais pas...

MARTIN

Vous allez où, comme ça ?

JEUNE FILLE

Chez moi ! Y a plus de bus !

MARTIN

Vous êtes sûre que tout va bien ? Vous avez l'air...

JEUNE FILLE

J'ai peur ! Je crois que quelqu'un me suit !

MARTIN

J'arrive à point nommé alors ! Je vous emmène ?

JEUNE FILLE

Euh... Non... Ma maman veut pas que je monte avec des gens que je connais pas...

MARTIN

Allez ! On ne lui dira rien... Et c'est dangereux la nuit, par ici ! *(plus impérieux)* Allez monte !

2.

Nuit. Rue. Des voitures entrent et sortent de la cour du commissariat de police. Coups de sirènes, bruits de portières, cris, interpellations... Aboiement de chiens

VOIX OFF DE GLORIA

Salut, c'est moi Gloria, responsable des faits div' pour *La Dépêche*, le journal régional. Ce que vous entendez, c'est ce que je vis au quotidien. Toutes les nuits ou presque, je viens là, au commissariat de police, glaner des infos pour mon rédac' chef qui me lâche pas les baskets. C'est assez répétitif mais en même temps, plutôt excitant. Chaque nuit, j'attends le scoop, le gros coup qui me rendra célèbre. Celui qui fera la une de *La Dépêche*. Pour l'instant, c'est pas encore arrivé, mais j'y crois. Allez, vous me suivez ?

Bruit de pas. Porte

VOIX OFF DE GLORIA

Première étape pour un fait-diversier, les gardes à vue, faut toujours commencer par là... C'est au sous-sol. En général, la nuit, y a toujours une dizaine de détenus, pour des conneries le plus souvent... Vol de voiture, cambriolage, un petit dealer de temps en temps...

Coup de sonnette

GARDIEN, *à travers l'interphone*

Oui ?

GLORIA

C'est Gloria, de *La Dépêche* !

GARDIEN

Ah, salut, Gloria ! J'ai personne ce soir, désolé... Y avait un match de foot à la télé ! *(rires)*

VOIX OFF DE GLORIA

Bon, c'est mal parti, on dirait... Je vais aller rôder dans les bureaux...

Quelques bruits ambiants, flics qui discutent, machine à café

GLORIA

Bonsoir tout le monde ! Qui est de permanence, cette nuit, les gars ?

OFFICIER LOUIS

Le commandant Petit. Il est dans son bureau avec une dame...

Rires

OFFICIER LOUIS

Déconnez pas les gars ! C'est une femme qui est venue déclarer la disparition de sa fille... Un café, Gloria ?

GLORIA

Non, merci, un thé plutôt... avec du lait ! Quel âge, la fille ?

OFFICIER LOUIS

Seize ans, je crois... *(soupir)* Pffff... Encore une gamine qui s'est fait un délire avec des copains et qui a oublié l'heure. Et une mère trop stressée...

VOIX OFF DE GLORIA

Mouais... Je le connais le commandant Loïc Petit. Beau mec, plus dragueur que lui tu meurs... Alors, soit la maman stressée est très jolie, soit il prend l'affaire au sérieux.

Une porte s'ouvre. Des pas dans le couloir

MÈRE DE LILY

Merci, commandant, merci de m'avoir écoutée...

LOÏC PETIT

C'est normal, madame, je ne fais que mon travail... Allez vous reposer et soyez confiante, elle va rentrer...

MÈRE DE LILY

Pourvu que vous ayez raison...

LOÏC PETIT

Je vais lancer un avis de recherche mais d'ici là...

MÈRE DE LILY

Oui, oui, je fais le tour de la famille et des amis de Lily, j'ai bien compris...

Des pas qui s'éloignent. Quelques bruits de fond...

VOIX OFF DE GLORIA

Je me suis gourée, la femme est ordinaire. La cinquantaine triste. Pas le genre de Loïc Petit qui aime les femmes plus... sexy.

LOÏC PETIT

Tiens, Gloria ! Entre une minute !

Bruit de pas, porte qui se ferme. Chaise qui racle le sol

GLORIA

Salut, commandant... C'était qui, cette femme ?

LOÏC PETIT

Rien d'important...

GLORIA

On dirait pas à voir ta tête.

LOÏC PETIT

T'es pas jalouse quand même ?

GLORIA

Change pas de sujet !

Soupir, froissement de paperasses, cliquetis du clavier d'ordinateur

LOÏC PETIT

Une gamine qui n'est pas rentrée ce soir...

Silence...

GLORIA

Et alors ? Elle a seize ans, à ce qu'on m'a dit, ce n'est plus un bébé...

LOÏC PETIT

Elle est pensionnaire dans un établissement spécialisé...

GLORIA

Quel genre ?

LOÏC PETIT

Le genre qui accueille des ados en difficulté, en externat. Elle se rend en bus à son école et elle rentre le soir chez elle vers 18 h 30, et aujourd'hui, sa mère ne l'a pas vue débarquer.

GLORIA

Tu lances un avis de recherche, j'ai cru comprendre ?

LOÏC PETIT

Bien obligé ! Apparemment, ça ne lui est jamais arrivé de rater le bus. Lily est plutôt docile, jamais de fugue, jamais de connerie...

GLORIA

Et ce bus qu'elle prend, c'est quoi ?

LOÏC PETIT

Le bus de l'établissement. Il y a toujours une accompagnatrice mais, ce soir, elle était malade... La direction de l'école est bien embêtée car personne ne sait si Lily est montée dans le bus ou pas.

GLORIA

Qu'est-ce que tu vas faire ?

LOÏC PETIT

La paperasse, pour commencer... J'ai envoyé un gars voir le conducteur du bus... Et toi, tu fais quoi ?

GLORIA

Vu que c'est calme plat chez toi cette nuit, je vais aller chez les pompiers...

3.

Bruits ambiants d'une cour de caserne de pompiers

VOIX OFF DE GLORIA

Et voici le deuxième passage obligé si on veut tout savoir des événements dans une ville. Il m'arrive aussi de passer par les urgences de l'hôpital mais, en général, flics et pompiers, ça suffit à alimenter ma chronique. Ce soir, après le match de foot, ce serait bien étonnant qu'il n'y ait pas eu quelques voitures cramées et deux ou trois comas éthyliques...

Des pas. Une sirène qui s'éteint en arrivant dans la cour. Portière qui claque

MARTIN

Hey, Gloria !

GLORIA

Hey, Martin !

VOIX OFF DE GLORIA

Punaise, il est canon le capitaine Martin ! Grand, sportif, sexy. Yeux clairs, cheveux courts vaguement poivre et sel. Avec lui, honnêtement, je dirais oui tout de suite ! Le problème, c'est qu'il ne me fait pas de rentre-dedans et qu'il est quasiment le seul à ne m'avoir jamais invitée à sortir...

MARTIN

Tu montes jusqu'à la salle de garde, Gloria ? Je crois que c'est super pénard cette nuit.

GLORIA

Tu m'emmènerais pas faire un tour en ville ?

MARTIN

Non, j'en viens, justement... Je te l'ai dit, c'est désert partout. Le froid peut-être... Je vais à la douche, à plus...

UN POMPIER

Reste pas dehors, Gloria, tu vas prendre froid, entre, on a préparé un casse-croûte...

VOIX OFF DE GLORIA

Voilà... Ça se finit comme ça la plupart du temps. À table. On refait le monde en buvant des cafés...

Il est presque 2 heures, je vais rentrer, envoyer un mail au journal pour trois pauvres brèves qui feront chacune deux lignes dans le canard. Je n'ai pas moissonné beaucoup cette nuit. Mon rédac' chef va faire la gueule mais bon, je ne peux pas inventer. J'ai envie d'appeler le commandant Petit, savoir si la jeune Lily a réintégré son lit parce que, autant vous le dire, cette histoire m'intéresse. Bon. Loïc me connaît, s'il avait du neuf il m'aurait sonnée. Allez, dodo !

4.

La sonnerie de son téléphone réveille Gloria qui ronchonne, fait tomber des objets.

GLORIA

Allô ? Loïc ? Qu'est-ce qui se passe ? Il est 6 heures du mat'... Ah bon ? Où ça ? Oui je vois... Non... J'étais réveillée... Bien sûr que je viens...

Bruits domestiques. Douche. Cafetière. Porte qui claque. Pas précipité
Portière de voiture qui démarre
France Info en sourdine. Quelques brèves

VOIX OFF DE GLORIA, *qui bâille*

Ça s'appelle un réveil en fanfare. Un incendie dans un squat du Gros Caillou... Toutes les équipes de permanence sont parties. Ils s'attendent à ce qu'il y ait des victimes à cause du froid, les sans-abri auront voulu allumer un feu. Ah oui ! ça crame bien ! on voit les flammes de loin...

5.

Bruits ambiants. Crépitement de l'incendie. Lance à incendie, moteurs, interpellation des pompiers et des flics

GLORIA

Bonjour, commandant Petit ! Qu'est-ce que ça pue ! Je sais pas ce que c'est mais c'est irrespirable ! Des victimes là-dedans ?

LOÏC PETIT

Pas encore...

GLORIA

Qu'est-ce qui s'est passé ?

LOÏC PETIT

L'équipe du labo a repéré plusieurs départs de feu. Au moins quatre. Et tu as raison, c'est de l'essence, c'est ça qui pue autant...

GLORIA

Un acte criminel ?

LOÏC PETIT

Possible, oui... Il faudra attendre la fin de la combustion pour en être sûr...

Tu connais Martin, le lieutenant des pompiers ?

GLORIA

Un peu, pourquoi ?

LOÏC PETIT

C'est lui qui m'a suggéré de t'appeler...

GLORIA

Il faudra que je pense à le remercier...

VOIX OFF DE GLORIA

Super ! Il est gentil, Martin, de me faire réveiller pour un feu dans une baraque en ruine... Et même pas un macchabée pour agrémenter l'affaire... Tiens, justement le voilà ! Il a mis l'habit de lumière, la vache, il est génial !

MARTIN

Je me suis dit que ça te plairait...

GLORIA

Oui, faute de mieux...

MARTIN

Pardon ?

GLORIA

Non, rien... Raconte-moi ce qui s'est passé...

MARTIN

Un coup de fil anonyme...

GLORIA

Encore un dingue qui s'est amusé à jouer avec l'essence et qui doit sûrement être tout près de là à mater ! Ils adorent faire parler d'eux dans les journaux !

MARTIN

Qu'est-ce que tu racontes, Gloria ? Y a pas que les dingues qui nous appellent tout de même ! Moi qui croyais te rendre service !

Pas précipités de Martin qui s'en va, pas content

VOIX OFF DE GLORIA

Qu'est-ce qui lui prend ? Finalement, il est beau mais con si ça se trouve...

Bon, c'est déjà fini. Les pompiers ont eu raison de ce feu de camp minable. Deux lignes pour mon canard, super ! Tiens, y a comme de l'agitation, on dirait... Le commandant Petit fait de grands gestes. Regroupement des techniciens de la police scientifique. Hummm... Allons voir ça de plus près...

GLORIA

Tu as trouvé quelque chose, Loïc ?

LOÏC PETIT

Un petit sac à dos... Bleu marine avec une licorne rouge... Merde !

GLORIA

Quoi ?

LOÏC PETIT

Ça correspond à la description du sac de Lily...

GLORIA

Tu crois que...

LOÏC PETIT

Putain, j'espère que non... Bon, vous tous, écoutez-moi ! Précautions maxi à partir de maintenant, on ratisse, on cherche dans les décombres et autour !

OFFICIER LOUIS

On cherche quoi ?

LOÏC PETIT

Un corps, peut-être, celui d'une jeune fille qui a disparu hier soir... C'est bien son sac à dos, il y a des cahiers, une trousse avec son nom.

GLORIA

Tu crois que...

LOÏC PETIT

Mais bon Dieu, Gloria, comment je le saurais ! Bouge de là, d'ailleurs, je te ferai signe s'il y a du nouveau !

6.

VOIX OFF DE GLORIA

Le jour s'est levé, les flics et les pompiers continuent de fouiller. Pour l'instant, rien. Je me suis mise au chaud dans une voiture de police. Le capitaine Martin est toujours là. C'est le plus acharné à fouiller, il en est désagréable avec ses gars. Comme si c'était leur faute s'ils ne trouvent pas le corps de Lily. Tiens voilà le commandant Petit qui me fait signe encore !

GLORIA

Du nouveau ?

LOÏC PETIT

J'en ai bien peur... Un joggeur matinal a trouvé un corps...

GLORIA

Où ?

LOÏC PETIT

De l'autre côté du terrain vague, à 200 mètres d'ici à vol d'oiseau.

Arrivée du capitaine Martin

MARTIN

Qu'est-ce qui se passe ?

LOÏC PETIT

Je pense qu'on a retrouvé la gamine... Lily.

MARTIN

Où ça ?

LOÏC PETIT

Là-bas...

MARTIN

Je parie qu'elle est morte !

LOÏC PETIT

En effet...

VOIX OFF DE GLORIA

Oh merde ! Pauvre gamine ! Ça fait un choc, c'est terrible, une histoire pareille. Bon, il faut que j'appelle mon rédac' chef...

7.

Commissariat, jour. Plusieurs personnes dans une pièce

LOÏC PETIT

Écoutez tous ! Un point sur l'affaire Lily Jaude, décédée dans la soirée de mardi, vers 20 h 30 selon le médecin légiste. La jeune fille porte des traces de coups et de strangulation. Elle a été abusée sexuellement et d'après les constatations elle a été transportée post mortem. Des indices laissent à penser que les faits se sont déroulés dans la maison qui a brûlé au Gros Caillou. La découverte du sac à dos de Lily de même que quelques traces de brûlures superficielles sur les jambes de la victime. On peut donc imaginer que son agresseur l'a violée et tuée dans la maison et qu'il a mis le feu pour faire disparaître les traces. Ce que je ne m'explique pas c'est que le corps de Lily ait été retrouvé le long de la route, à 200 mètres de l'incendie, plusieurs heures après. Donc, Marc et ton équipe vous allez ratisser le secteur pour trouver des témoins, piétons, automobilistes, éventuels zonards ou SDF qui traînent par là... Jo, tu t'occupes de la famille, relations, amis, etc. Louis, ça donne quoi l'enquête à l'école ?

OFFICIER LOUIS

Lily avait un petit copain, Kevin. Dix-sept ans, même cas qu'elle à peu de chose près. Avec quelques histoires de petite délinquance en prime. Costaud et irritable selon les profs. Mardi soir, ils étaient ensemble, on les a vus discuter et s'embrasser. Le chauffeur du bus est formel, ils n'ont pas pris le bus. Il est bien embêté mais il n'a pas fait attention, ce n'est qu'après coup qu'il a réalisé qu'il aurait dû prévenir quelqu'un... Quant à Kevin, il est rentré tard chez lui ce soir-là et, quand il a appris le lendemain que Lily était morte, il a fait un malaise et piqué une crise. Il est hospitalisé, on ne peut pas l'entendre, il n'est pas en état.

LOÏC PETIT

OK, on l'interroge dès que possible... Charles, tu te colles aux antécédents, tu cherches dans les anciennes affaires à rapprocher, tu vois à quoi je pense ? Allez, en piste !

VOIX OFF DE GLORIA

Le commandant ne m'a pas autorisée à assister à la réunion mais j'ai quand même tout entendu grâce à mes téléphones... Je vous expliquerai le truc un autre jour... Je suis allée ce matin fouiner dans les archives du journal. Une chose est sûre, le commandant pense comme moi : il y a sûrement des précédents. L'affaire qui se rapproche le plus est celle d'une caissière de supermarché, enlevée un soir en sortant du boulot, retrouvée le lendemain violée et une balle de 22 LR dans la nuque. Elle avait vingt-deux ans. C'était quelques mois avant que j'arrive ici. Et puis, j'ai trouvé une affaire plus ancienne, il y a dix ans, il faut que je creuse. Pour ce qui est de Lily, ce qui m'intrigue c'est son corps qu'on a déplacé. Étrange, non ? En tout cas, ce n'est sûrement pas l'assassin, car lui, il avait intérêt à tout faire disparaître... Je vais retourner sur les lieux, tiens...

8.

Dans la ville, le soir, dans les environs de la maison qui a brûlé. Gloria marche.

VOIX OFF DE GLORIA

... Brrr, il fait un froid ce soir !!! Je refais le parcours de Lily, à pied, après une première fois en voiture. En situation, on appréhende mieux les choses. Normalement c'est ce que les flics devraient faire mais je n'en vois aucun...

Il est l'heure approximative où Lily a rencontré son assassin... De son école jusqu'à la maison en ruine, il y a vingt minutes à pied, en marchant vite.

Le problème, c'est que la baraque n'est pas sur le trajet que Lily aurait dû suivre pour rentrer chez elle. C'est le terrain vague où on a trouvé son corps qui se trouve sur son chemin. Et c'est là que je suis maintenant, à la nuit tombante.

Je m'aventure dans le terrain, j'évite la zone interdite barrée d'un ruban jaune et noir. Je ne suis pas rassurée, il y a sûrement des bestioles là-dedans.

Froissement d'herbes, des pas...

J'ai réussi à traverser sans encombre. J'arrive près de la maison brûlée. Tiens, on dirait...

Bruits de pas précipités, un engin roule (une poussette ou un caddy de supermarché) vite.

GLORIA

Hey ! Attendez !

Un bruit de moteur, une voiture s'arrête, quelqu'un descend, marche, revient à la voiture après un moment, repart.

VOIX OFF DE GLORIA, *altérée*

Y a beaucoup de monde ce soir, ici... Je me suis planquée, je n'ai pas bien vu la bagnole mais elle est rouge, c'est sûr... Et le type avec son caddie... J'aurais bien aimé voir à quoi il ressemble.

Bon je me tire de là, j'ai la trouille. Je vais aller à l'hôpital...

9.

Ambiance hôpital. Gloria entre dans la chambre de Kevin.

GLORIA

Bonjour, Kevin. Je m'appelle Gloria, je suis une amie de Lily... Toi aussi, je crois ?

KEVIN

Lily, je l'aime, c'est ma fiancée...

GLORIA

Je sais, Kevin, elle aussi elle t'aimait, tu sais. Tu étais avec elle mardi soir, quand vous avez raté le bus ?

KEVIN

Oui, on s'embrassait dans la cour et le bus est parti. J'ai eu peur qu'on se fasse engueuler.

GLORIA

Par vos parents ?

KEVIN

Oui. Je suis rentré dans l'école pour appeler ma mère, pour qu'elle vienne nous chercher. Y avait personne, j'ai pas pu téléphoner. Quand je suis revenu, Lily était partie, j'ai couru derrière elle.

GLORIA

Tu as réussi à la rattraper ?

KEVIN

Non, pourtant je cours vite.

GLORIA

Tu es passé par l'avenue de la Libération ?

KEVIN

Ben oui. Je me suis dit qu'elle avait pas osé prendre la route du terrain vague, Lily. Et puis j'ai regardé, au carrefour, je l'ai pas vue. J'ai été jusque chez elle, j'ai attendu, longtemps, elle est pas arrivée. Après j'ai vu sa mère partir, je me suis dit qu'elle allait la chercher. Mais elle est rentrée longtemps après, toute seule. J'avais froid, et peur, alors je suis rentré à la maison.

GLORIA

Tu as vu quelque chose de particulier au carrefour ?

KEVIN, *hésitant*

Comme quoi ?

GLORIA

Une personne, une voiture...

KEVIN

Ben... Je sais pas... J'ai juste entendu une sirène...

GLORIA

De police ?

KEVIN

Non, pas de police...

GLORIA

De quoi alors ?

KEVIN

De pompier. C'est pas la même musique, tu sais pas ça ? Les pompiers c'est *si* et *la*, la police, c'est *ré* et *la*... Les notes sont plus longues pour les pompiers, elles durent deux secondes, celles de la police, une seconde...

GLORIA

Tu sais ça, toi ?

KEVIN

Oui, c'est parce que je suis musicien...

Porte qui s'ouvre. Pas

LOÏC PETIT

Mais qu'est-ce que tu fiches là, Gloria ?

GLORIA

J'allais partir, commandant Petit... je passais par là et...

LOÏC PETIT

C'est ça, prends-moi pour un imbécile ! Ce garçon est un suspect, alors sors immédiatement !

GLORIA

Il faut que je te parle, commandant...

LOÏC PETIT, *fâché*

Pas maintenant, j'ai du boulot. Tire-toi !

10.

VOIX OFF DE GLORIA *(marche pressée)*

Je ne vois pas Kevin faire du mal à Lily... Il a une mémoire incroyable, il est hypersensible aux bruits, c'est fréquent chez les musiciens... Mais comment exploiter ça ?

Le commandant Petit est fâché maintenant. Pas le moment que je lui raconte ce que j'ai vu au Gros Caillou... Et si je retournais là-bas ?

11.

Autour de la ruine du Gros Caillou et du terrain vague. De nouveau le bruit du caddie qui roule

VOIX OFF DE GLORIA

Il y a bien quelqu'un ici, bon sang ! Je n'ai pas rêvé... Ah, oui, il y a un homme, caché derrière la haie...

GLORIA

Eh vous ! Monsieur !

Quelques bruits de pas. Gloria court.

GLORIA

Monsieur, je vous ai vu ! Attendez, ne vous sauvez pas ! Je suis pas de la police, je suis journaliste...

LÉON

C'est pareil, tous des pourris !

Rire de Gloria

GLORIA

Vous au moins, vous êtes cash !

LÉON

Qu'est-ce que vous me voulez ?

GLORIA

Comment vous vous appelez ?

LÉON

Léon ! Vous voulez voir mes papiers ? J'en ai pas !

GLORIA *(rire)*

Non, je veux juste savoir ce que vous avez vu avant-hier soir ! Avant l'incendie...

LÉON

J'ai rien vu. Fichez-moi la paix, salaud de flic !

GLORIA

Je viens de vous dire que je suis journaliste !

LÉON

C'est kif-kif ! Vous allez me tirer les vers du nez, me faire raconter ma vie et après vous allez tout leur balancer !

GLORIA

Si vous ne me dites rien c'est ce que je vais faire... Ensuite ils vous arrêteront et vous mettront le viol et le meurtre de Lily sur le dos. Si vous me parlez je vous promets de vous aider...

Silence

GLORIA

Léon, je vous montre ma carte de presse... Et je vous promets de...

LÉON

C'est bon, j'ai compris ! Je sais pas qui a fait le coup, je l'ai pas vu, il faisait nuit... Et puis d'abord, je savais pas qu'il allait lui faire du mal à la petite, j'ai cru que c'étaient des amoureux... Et puis elle a crié...

GLORIA

Vous auriez pu aller l'aider !

LÉON

Pour m'en prendre une, merci bien ! Et puis je pouvais pas deviner... C'est quand j'ai vu le feu un peu plus tard que j'ai compris...

GLORIA

Compris quoi, Léon ?

LÉON

Qu'il y avait un lézard quelque part... Je me suis approché de la baraque. La petite était là, étendue face contre terre, le feu avait pris pas loin d'elle. Je me suis pas posé de questions et je l'ai sortie des flammes...

GLORIA

Est-ce qu'elle était...

LÉON

Vivante ? J'en sais rien, je l'ai emmenée de l'autre côté du terrain vague pour que l'autre la trouve pas et je voulais chercher de l'aide mais je me suis rendu compte qu'elle ne respirait plus...

GLORIA

Vous avez eu peur qu'on vous accuse et vous l'avez laissée là...

LÉON

Ben ouais...

GLORIA

Quand vous dites « l'autre », vous parlez de qui ?

LÉON

Du type qui l'a amenée.

GLORIA

Vous le connaissez ?

LÉON

Non. Je vous dis que je l'ai pas bien vu... Mais sa bagnole, oui...

GLORIA

Et... ?

LÉON

Rouge. Avec un gyrophare sur le toit...

12.

Caserne des pompiers. Cour

VOIX OFF DE GLORIA

Si vous avez bien suivi, je dirais que l'étau se resserre autour des pompiers, d'un pompier plus exactement. Kevin, Léon... Deux témoins essentiels. Et moi aussi j'ai aperçu une voiture rouge même si je l'ai mal vue. Je devrais aller voir le commandant Petit mais d'abord je lui en veux pour la façon dont il m'a éjectée de la chambre de Kevin et puis, là, comme ça, l'envie me démange de démasquer moi-même l'assassin. Vous vous rendez compte ? Le scoop ! Gloria Monier en première page de *La Dépêche* avec l'arrestation d'un assassin récidiviste... Car, j'en suis sûre, il n'en est pas à son coup d'essai ! Il y a peut-être eu d'autres victimes avant Lily... Alors où chercher, sinon au cœur du mal ? Ici chez les hommes du feu ! Tiens, voilà mon pompier préféré qui arrive avec son camion rouge, justement !

Moteur qui se coupe. Martin baisse la vitre de la voiture.

GLORIA

Salut, Martin ! Du nouveau ?

MARTIN

À quel sujet ?

GLORIA

L'incendie, le meurtre de Lily...

MARTIN

Non, je crois pas... Mais dis donc tu as l'air bien excitée...

GLORIA

Plutôt, oui...

MARTIN

Raconte...

GLORIA *(baisse le ton)*

J'ai une petite idée, figure-toi... Je vais avoir besoin de ton aide, Martin...

MARTIN

Ah bon ? Mais comment...

GLORIA

Je crois que l'assassin est tout près de nous...

MARTIN

Qu'est-ce que tu dis ? T'es malade ou quoi ? Ici... à la caserne ?

GLORIA

Ça se pourrait...

MARTIN

On va pas discuter de ça ici ! Allez monte, je t'emmène faire un tour !

GLORIA

Depuis le temps que j'attends ça !

13.

Voiture, moteur, radio émettant des appels aux pompiers, de temps en temps un petit coup de sirène

GLORIA

C'est super, j'adore !

MARTIN

Alors, vas-y, raconte... T'as trouvé des témoins, c'est ça ? Je parie que tu as parlé à cet ivrogne de Léon...

GLORIA

Tu connais Léon ?

MARTIN

Et à qui t'a parlé encore ? Au copain de la fille ? Il a vu quelque chose ?

GLORIA

Mais enfin, Martin ! Pourquoi tu me parles comme ça ?... Comment tu sais... ?

MARTIN

Moi aussi je fréquente les flics !

LOLA

Mais où on va, là ?

MARTIN

Tu le sais très bien !

La voiture s'arrête, radio montée à fond. Bruit de lutte. Gloria essaie de sortir de la voiture.

GLORIA

Mais qu'est-ce que tu fais, Martin ? Tu me fais mal ! Lâche-moi ! Ah ! mais... Au secours !!!

Encore quelques bruits de lutte puis silence. Portière de voiture. Pas au-dehors. Bruit du caddie. Martin s'avance vers la haie où se cache Léon.

MARTIN

Allez, montre-toi, Léon, qu'on en finisse !

14.

JOURNALISTE

« Vous êtes bien sur France Culture. C'est l'heure des infos de 9 heures.

À X... une jeune femme, Gloria Monier, a été retrouvée étranglée dans un terrain vague, tout près de l'endroit où, il y a deux jours, on avait déjà découvert le corps sans vie de la jeune Lily Jaude. Deux assassinats et probablement un seul auteur. Il pourrait s'agir de Léon V. Un SDF habitué du secteur que la police a retrouvé pendu dans la maison en ruine voisine. Pour les enquêteurs, ce suicide résonne comme un aveu de culpabilité. Néanmoins, la police poursuit ses investigations. De son côté, la municipalité de X... s'est engagée à démolir la ruine et à réhabiliter le terrain vague en y construisant un parc de loisirs. »

15.

VOIX OFF DE GLORIA

Eh bien voilà, je l'ai eue, mon heure de gloire. La première page de *La Dépêche*... et mon gros titre : encore une victime du tueur en série... Avec ma photo. Super...

D'où je suis je vois le monde s'agiter et ce salaud de Martin qui m'a bien eue, je l'avoue. Je sentais qu'il n'était pas très net mais de là à tuer des filles et ce pauvre Léon pour le faire accuser... Il est là, Martin, il pavoise, tranquille...

Bon, pas pour longtemps. Car j'ai eu le temps de balancer mon iPhone dans la friche avant que

Martin me serre le cou et je sais que le commandant Petit l'a trouvé. Tout est dedans, ce que m'ont dit Léon et Kevin entre autres... J'ai tout enregistré.

Il est triste, le commandant, je crois qu'il m'aimait bien, mais avec l'arrestation du vrai tueur il va décrocher une promotion.

Bon, ben c'est fini, maintenant, je vais rejoindre le paradis des faiseurs de nouvelles et de scoops...

C'était moi, Gloria, experte en faits divers...

La photocomposition de cet ouvrage
a été réalisée par
GRAPHIC HAINAUT
30, rue Pierre Mathieu
59410 Anzin

Imprimé en France par CPI
en février 2017
N° d'impression : 3021865

POCKET - 12, avenue d'Italie - 75627 Paris Cedex 13

Dépôt légal : mars 2017
S27868/01